# 活到老真好

王鼎鈞——著

# 目錄

## 輯三　智慧

## 輯四　樂群

【作者序】
# 活到老，真好

那些年和中國大陸上的老同學通信，知道他們早已退休，有人在退休時安排了第二職業，現在也交了出去。這給我一個感覺，我們那一代的確是過去了。

這就是老。人握拳而來、撒手而去，先是一樣一樣搜集，後是一件一件疏散，或者如某些人所說，只剩下老妻老狗老酒。我發現大陸上的那些親友對「老」完全不能適應，因為「革命哲學」漏了這一章，以致心中沮喪空虛，難以聊生。「革命」是假設人在三十歲、四十歲的時候戰死了，或是累死了，不料還有一段晚景頗費安排。

我倒是寫了許多信勸他們。我說老年是我們的黃金時代。人家說黃金時代是二十歲，你想，二十歲我們懂什麼？懂得茅臺和汾酒有什麼分別嗎？懂得京胡和二胡有什麼分別嗎？懂得劉曉慶和鞏俐有什麼分別嗎？我說到了老年，人生對我們已沒有祕密，能通人言獸語。當年女孩子說「我不愛你」，你想了一整年也想不出原因來，現在她剛要張口你已完全了解。我說上帝把幼小的我們給了父母、把青壯的我們給了國家社會，到了老年，祂才把「我」還給我自己，這一段生命特別珍貴。這段話，我那些同學少年全聽不進，他們說我是阿Q。

我說年老比年輕好，一如收穫比墾荒好，或是和平比戰爭好。年輕時我們和命運對抗，到老年和解了。成年以前的我們是「危機四伏」，門外一步都是不可知，正所謂「如暗夜行走」。到了壯而行，手裡有地圖，心中有煎熬，天天「冰炭滿懷抱」、靈肉衝突、義利衝突、群己衝突，哪有安寧？謝天謝地，總算老了，跳出三界，不列五行。還用得著自己拿鞭子抽自己的背嗎？還用得著自己拿刀割自己的耳朵嗎？再也用不著一夜急白了鬍子、三天急瞎了眼睛，再也用不著「為伊消得人憔悴」。不喜不懼，無雨無晴。這段話，我的同學少年也聽不進，他們說我是酸葡萄。

老年最忌悔恨，悔恨傷身傷神。我有一篇短文勸人「不要悔」，流傳頗廣。悔恨的聲音還是常聽見，有人說他當年經手公款成億成萬，恨未貪污，以致老來受窮。有人說當年官場爭逐，他講義氣讓人一步，讓他的好朋友升上去，結果「官大一級壓死人」，一生受這朋友欺負，悔不當年把這廝一腳踹下去。……有些老人後悔他以前做過的好事，往往變成很壞的人。中國民間有個詞兒，謂之「老壞」，值得警惕。

美國做學問的人在這方面也有見解。據他們說，許多許多美國老人眼見老人的福利日減，年輕人對老人的態度也越來越差，社會的道德水準在下降，於是認為社會辜負了他，甚至認為社會欺騙了他。這等人覺得他以前對社會貢獻太多，太不值得，竟想在有限的餘年做些壞事來「平衡」一下，以致老人的犯罪率一再提高。這消息掃盡老人的面子，那天我暗暗立下「最後一個志願」，但願能做個「不太壞」的老頭兒。

能活到老，真好。想想那些我喜歡的作家，曹植活了四十歲，李商隱活了四十五歲，李賀不過二十七歲，徐志摩三十五歲，曹雪芹據說四十八歲。倘若舉行民意測驗，可以發覺人人嫌他們死得早。連曾國藩這樣的人也不該只活六十歲。我們的文章比曹雪芹壞，生得比他晚，壽命比他長，有時間多看幾遍《紅樓夢》，多些體會；有機會多看有關的考證和發現，長些見識，這就是人生的福分。「長生久視」，活得長，看得久，就是享受人生。

值得看的景象越來越多，人所共喻，今天的電影拍得比當年精采，今天的花也開得比當年燦爛。今天的年輕人比我們那一代青年漂亮，有照片為證，大概和營養、教育、風尚都有關係，說不定還加上遺傳，這是寫研究論文的題目。諸如此類，觀之不足。

六十曰老。七十曰耆。八十曰耋。九十曰耄（有不同的說法）。活到耄耋之年，最怕有長年臥床的疾病，自己苦，家人也苦，連醫生護士也跟著受罪。這是老年的大問題。有幾個中年人談論「你願意怎麼個死法」，一位女士說，她希望在七十歲那年被爭風吃醋的男人從背後開槍打死。女人到了七十歲還能使男人嫉妒得要死，這是何等抱負！被人從背後開槍打死，死前無恐懼，死時無痛苦（痛苦十分短暫），又是何等設計！所以這個答案得了第一。——可望不可即。

活到老真好，可是也別太老，別真的成了滿臉皺紋、一把鬍子的初生嬰兒。老了要能「捨」，能像佛家那樣，歡歡喜喜地捨，該捨就捨，包括生命。在以後的老年福利法裡，應該有一條「安樂死」。

# 輯一　生活

那裡有一棵樹，一棵樹站在那裡，實在好看。樹為什麼好看？樹有一種努力向上生長的樣子。人也好看，只要人努力上進，尤其是一個男人，男人的美，就在他不停的奮鬥。

# 老年的喜樂

有人問我：人生最難得的是什麼，我告訴他，人生最難得的是老年，老年才是我們的黃金時代。青年是金礦，老年是純金。青年是新茶，老年是陳酒。青年是電玩，老年是電腦。青年是瀑布，老年是大海。

咱們這一代人出生的時候，中國人的平均壽命是五十五歲。今天世界上有些地方，像阿富汗，平均壽命四十歲。咱們這一代有多少天災、多少傳染病、多少戰爭、多少大屠殺！人生一世，活到老不容易。回想一下，小時候跟我們一塊兒捏泥巴的，現在還剩幾個？跟我們一塊兒出操上課的，還剩幾個？跟我們一塊兒鬧學潮搞遊行的，還剩下幾個？哥倫比亞大學有位教授，他退休了，寫了一本自傳，書的名字叫《我有九條命》。聖嚴法師在他的傳記裡說，他活了四輩子，他是四世為人。今天的耆老都不平凡，都看過前世來生，都有九條命。

《時代》週刊說過，二十世紀有幾個主要的特徵，其中一個就是大屠殺。二十世紀死亡的比率很高、死亡的機會很大，我們走出來、活過來，幸虧有人替死。「替死」是基督教的觀念，舉例來說，ＳＡＲＳ流行的時候，我們的處境都很危險，有一家中文報紙把ＳＡＲＳ翻譯成「殺爾死」，真是觸目驚心。可是咱們都度過這一劫，平平安安，那是因為世界上已經有八千四百六十四人得病，有八百一十二個人病死，他們替咱們爭取了三個月的時間，醫生從他們身上找到了防治ＳＡＲＳ的辦法，堵住了ＳＡＲＳ，不讓它發展，那八千四百六十四個人替咱們病了，那八百一十二個人等於替咱們死了。用基督教的說法，各位耆老都是用重價贖來的，各位耆老一定要自己珍重，各位都是金剛不壞、火煉金身，都是金不換、銀不換、珍珠瑪瑙也不換，咱們沒有工夫去生那個什麼憂鬱症。

現在人類的壽命正在延長，不久以前，有一份研究報告說，人可以活到一百三十歲。最近美國「未來世界協會」在舊金山召開年會，科學家指出，科學的進步將使人類的壽命活到一百八十歲。耆老不老，耆老來日方長。

亞歷山大大帝南征北討，征服了許多國家，最後來到海邊，他流下眼淚，在那個時代，大海是他的極限，他沒有事做了，沒有地方可以再去攻打、再去征服了。中國社會的長者，做了美國老人中心的耆老，個個好比站在海邊的亞歷山大大帝，有成就，但是不快樂。美國的專家學者三年開一次小會、五年開一次大會，討論亞裔老人的精神和心理健康，其實中國文化裡頭早有一帖藥方，就是「做聖賢」。

咱們都能做聖賢嗎？人人可以做聖賢！聖賢怎麼個做法？聖賢好比藥方，其中最重要的一味藥，就是關心別人。咱們不快樂，因為咱們太關心自己，咱們在英雄時期養成了這麼一個習慣，咱們一條路走到了天黑，就得反其道而行。英雄說：人不為己，天誅地滅；聖賢說：人不為己，花好月圓。小說家王藍晚年寫下健康喜樂長壽二十二條，寫得很好，對我們有很大的幫助，大體上說，二十二條就是一條：關懷別人。這一條又可以化為一百條、兩百條，成為咱們起心動念、言語造作的源頭，這就是「做聖賢」，這就得到快樂。他不說快樂，他說喜樂，喜樂是基督教的名詞，是一種心靈上的滿足，跟世俗的快樂有分別。

單單關心自己的親人並不夠，咱們還得能夠關心所有的人，包括不認識的人、不喜歡的人。說也奇怪，只要你能擴大關懷，你的煩惱立刻就減輕了，甚至完全消失了，你重新發現人生的意義，咱們又有事情可以做了，咱們的信心快樂又恢復了。這種廣大的關懷，大概要到老年才有可能。專家說，人到老年，性格越來越美，老人都是好人，老人中心就是好人中心，人到老年，他的優點膨脹、缺點萎縮，人越老越可愛，想不做聖賢都不行。

有些人嚮往返老還童，「假使可以重新來過」。我倒這麼寫：河水不必倒流，前面是大洋，雲蒸霞蔚；葡萄汁不必倒流，前面是盛宴，金樽玉盞；歷史不必倒流，後面是茹毛飲血、宇宙洪荒。來時路漫漫，處處有你卸下的枷鎖重擔，難道要一一拾起來，流血流淚重演？你看槍膛多麼像子宮，子彈大叫一聲，從此不需要歸程。

# 「當下」怎樣活

《世界日報》出了個作文題目：「活在當下」。我連忙查辭典。辭典說，當下就是「現時」。活在當下呢，我想就是主張：人活著既不為了過去，也不為了未來。

這話本來可以和「一個今天優於兩個明天」掛鉤，做「人生待明日，萬事成蹉跎」的和聲，可是今天不能如此演繹，那是孔孟的當下，「古調惟自愛，今人不多彈」。

原來在儒家思想主導下，中國人是沒有「自己」的。一個人，他是父母的兒女、兒女的父母，他是長官的部下、部下的長官，他是老師的學生、學生的老師。他沒有自己，或者說，他自己分解了、融化了，和過去未來摻調在一起了。這個「當下」一點也不好玩。

我們不會忘記，「當下」一詞，已為佛教吸收。「現時」是沒有的，我們說出「現在」的時候，現在已成過去，因果密接，煩惱連綿，中間本來沒有空隙。但是佛門講修行，修行可以從一念已逝、萬慮未生之中，開闢一片清淨光明，這清淨光明的境地沒有煩惱，而且可以永遠存在。看來難以做到，但是，在信念上，他們是這樣「活在當下」的。

「當下」還有別的內涵。流蘇女士在文章中說，快樂的感覺產生於moment。我查英漢字典，moment的多項解釋之中也有一條是「現時」。我想打牌自摸滿貫就是一種moment，它是孤立的、絕緣的，主觀的感覺與過去未來一律無涉，現代人追求的快樂，大抵如是。這又是一種「當下」。

moment雖然不能永駐，卻可以重複製造，這就陷入享樂主義，帶著淡淡的頹廢。連續複製moment需要時間和金錢，於是出現忙碌和庸俗。我記得有一首歌曲，歌者一面唱一面擺手：你說什麼我不知道，不要提起明朝，只要快樂今宵。……它正是某些人「活在當下」的宣言。

我們無法確指上述三種「當下」怎樣影響了時代青年，我們只知道，新一代對人生的看法普遍是，歷史的長河只會給人壓力，承擔那種壓力並無意義。人不為歷史包袱而活，不為老一輩留下的帳單而活，不為什麼人畫的藍圖、什麼人立的百年大計而活。他們「活在當下」。「當下」並非時間觀念，而是人生態度，寓有反抗的精神、解放的快樂。

錢太茲醫師的牆壁上，掛著楊國平先生的題畫，「聞說畫中花不落，桃紅柳秀長留。不如遷往畫中住，武陵芳草處，人物永無憂。」我在畫前醒悟為什麼電影機、錄像機不能淘汰照相機。照相機能給你製造「當下」，它拍下的畫面是靜止的、單一的，是無憂的瞬間、圓滿的瞬間，既不必承前，也無須啟後，割斷了一切足以引起量變質變的聯繫。

新一代年輕人本事大、悟性高，他們一下子把三種「當下」都裝在口袋裡，隨意配方使用。從某個角度看，今天的新一代是生活在畫中，圍繞著畫中人，該有的經營布局都做到，而且力求做好，簡直有儒家精神。可是畫面清爽簡單，把前後煩惱斬斷，又可以說近乎佛家。清修苦行當然要排除，耳目之娛、口腹之慾及「只要我喜歡，有什麼不可以？」，現代社會都提供足夠的條件。等閒容易，若是放進古代社會的框架裡看，也就是一幅行樂圖。

我想老人應該向年輕人學習，在一個除舊布新的社會裡，年輕人才是先進。我們當然「師其意而不泥其跡」，這一點大概不會引起誤解。今天的老年人，以往多半生活在戲裡，戲是不能平安清淨的，戲啊，你的名字是煩惱！幸而退出戲碼，定要忘記舞臺鑼鼓，另外構一幅畫。

我們也可以自己配方。例如老年人常覺得未來是個牛角尖，越走越沒有空間，也就是沒有畫布。若能參考佛家的「當下」之說，也許使人恍悟「老」不過是走入隧道，耐心向前，還有豁然開朗的餘地。

老年人的「畫境」是好好照顧自己。例如說菸一定要戒、太極拳一定要打、青菜一定多吃，之類等等，近似儒家修身律己的工夫，亦如畫家之一筆不苟。

照顧自己，不給子女麻煩，就是照顧了子女；不給社會添麻煩，就是幫助了社會。歷來都說公而忘私、見義忘我、知易行難，頗感困擾。到了老年，忽然發現利己也就是利人、為私也就是為公，哲學大突破，行為大解套，「從心所欲不逾矩」果然不是蓋的，真要像金聖嘆大呼「不亦快哉」！

到了這般時分，畫境就是「化境」。朝廷要統也由你、要獨也由你；子女信佛也由你、信耶也由你；鄰家夫婦要離也可以、要和也可以。「安危大臣在，不必涕淚流」，老天在上，一切由您看著辦好了。

# 九十回顧談今生

人到某個年齡就只能談他自己了，可是要想談得好很不容易。有學問的人說，人有三個「我」，一個是別人認為你是個什麼樣的人，一個是自己以為「我」是什麼樣的人，在這兩者之外還有一個「真我」。別人眼中的我，自己心中的我，有很大的差別，至於那個「真我」是什麼樣子，據說沒有人知道。所謂知己，就是「別人眼中的我」正是「自己心目中的我」；所謂錯愛、謬愛，就是「別人眼中的我」高過「自己心目中的我」；所謂懷才不遇，就是「別人眼中的我」低於「自己心目中的我」。

談到「文學與人生」，我們的前輩都說文學表現人生、批判人生，都說作品從生活裡面產生，但是高於生活，既然文學與人生互為表裡，那麼談我的文學、我的人生，也就等於檢查我的全部。世上最難做的題目就是寫「我」，我說過，我是一個固執的人，追求完美，不能忍受缺陷和醜陋，寫任何文章都字斟句酌，用獅子的力量搏兔。我說過，我是一個內向害羞的人，文章也中規中矩、結構嚴謹，文章裡沒有豪言壯語，也從不貪天之功、貪人之功。我說過，我是一個喜歡服從權威的人，喜歡用演繹法寫文章，從來沒打算立山頭、開門戶，從來沒想過改變現狀。我說過，我是一個勤能補拙的作家，我的天分不高，學習的環境也不好，我是困而學之、勉強而行之、知其不可而為之。

生活是時間的延長，生命的軌道像一根線，每個人都畫了一根線條，我的這一根線就是漂流。據說當年我在襁褓之中，算命的先生批了我的生辰八字，他說我的命屬於「傷官格」，不守祖業。「不守祖業」是什麼意思？他沒有說，父親去查書，知道不守祖業可能是漂流，變成異鄉人，無家可歸；也可能是敗家，做一個敗家子，傾家蕩產。那年代西方工業國家的產品到中國來傾銷，淘汰中國的手工業，造成農村經濟破產，緊接著中產階級崩潰，沒等我長大成人，我家的祖業就敗光了，輪到我，就只剩下漂流這一個選項了。我十二歲那年離開祖父留下的四合房，以後離開我們那一縣、離開我們那一省、離開中國大陸，完全離開中國，越走越遠，再也沒有回去，這是我給「漂流」下的定義。

漂流是什麼？漂流就是割捨，當年我們唱過一支歌，「母親啊，謝謝你的眼淚，愛人啊，謝謝你的紅唇，別了！這些朋友溫暖的手。」今天還有沒有人會唱這支歌？我一直尋找會唱這首歌的人，我們當年一起唱這首歌結成同盟，後來也互相把對方割捨了。想當年那些第一次離家的孩子，背包特別大、特別沉重，這個也得帶著，那個也得帶著。以後長途漫漫、腳不點地，背包裡的東西一樣一樣拿出來，一面走一面丟。夏天行軍，把冬天用的東西丟掉；晴天行軍，把陰天下雨用的東西丟掉；人人穿草鞋，把媽媽做的布鞋丟掉；兩隻手可以捧水喝，把隨身攜帶的水壺丟掉；最後，他有一條腰帶，媽媽在裡面縫了幾塊銀元，爸爸親手給他捆在腰間，叮囑他千萬不要離身，實在走得太遠，實在走得太累，實在走得萬念俱灰，也在攀山越嶺的時候把那條腰帶解下來，往那萬丈山谷裡頭一丟。還有什麼可丟的沒有？身上每一塊肉好像都是累贅。我們在漂流中學會割捨，人不需要他不能擁有的東西。

割捨對我的文學生活有幫助。對於我而言，文學好像是個任性的小姑娘，她不嫁給你，但是也不准你和別人戀愛，你必須對她絕對效忠而又不求回報。這就得能夠像剃度出家一樣，斬斷塵俗的牽掛，然後升堂入室。我們的前輩常說「繁華落盡見真淳」，我認為繁華落盡就是割捨。漂流時期的割捨是一種訓練，文學寫作的預備訓練。當年和我一起學習的小青年，成績比我好，後來為什麼都不寫了？因為他入世越來越深，他的文學和許多是非恩怨、許多文學以外的目的纏在一起，他不能割捨那些東西，最後割捨了文學。

我的漂流是戰爭造成的，戰爭製造英雄，戰爭也製造流民——四方漂流的人。戰爭告一段落，所謂「戰爭狀態」繼續，一直覆蓋了我的壯年和中年，我們在精神上、心理上仍然漂流。中國人口大規模地移動，幾千萬人的八字難道都是「傷官格」？當然不會，當年第一顆原子彈毀滅日本廣島，八萬人死亡，這八萬人各有各的生辰八字。有人說過，戰爭來了，人不必算命，因為命理在正常的社會裡有效、在戰爭時期無效。

當年砲火連天，大家都說是非常時期。非常就是不正常、就是反常。在正常的社會裡，人的打算是怎樣跟別人一塊兒活；可是戰爭相反，人的打算是怎麼讓別人死，或者跟別人一塊兒死。平時做人，壞人也得冒充好人，戰爭時期做人，好人也得冒充壞人。戰爭有它自己的規律，不但生辰八字不靈，《論語》、《孟子》也不靈，《馬太福音》也不靈，許多格言都得反過來說，例如助人為煩惱之本、損人利己為快樂之本。戰爭時期做人，你平時的信念、信仰、信心大半錯誤，可能危險，立即反其道而行，大致不差。我是基督徒，可是內戰期間我是無神論。我認識一個老兵，他身經百戰，我問他在戰場上怕不怕，他說不怕，為什麼不怕，他說不管戰況多麼激烈，部隊不會全部陣亡，槍一響，有人先死，有人後死，也一定有人最後沒死，死人越多，我就知道我活到最後的機會越大，我反而覺得安全。這就是非常時期的非常想法，完全出乎你我意料之外。

戰爭就是破壞，這話也沒錯。我們都說百年樹人，樹人要百年，戰爭破壞一個人只要一旦。歐陽修說「人難成而易毀」。我對自己的成長沒有規畫，像水一樣流到哪裡算哪裡，大江東去，浮萍不能西上，我在漩渦裡一圈一圈地打轉、一小段一小段掙扎。不能改變環境，只有改變自己，我是千刀萬剮，割斷千絲萬縷。一九四九年我脫離戰場，漂流到臺灣，我的世界已經破碎，我居然還想當作家。別人只看見我沒有天才，沒看出我沒有完整的人生觀和宇宙觀，作品是作家的小宇宙，破碎的世界不能產生宏大的完整的作品，我是困而學之、勉強而行之、知其不可而為之。難怪我不能寫小說，寫長篇小說你要有一座森林，我只有滿街的落葉，難怪我一出道就寫雜文，號稱短小精悍的八百字專欄，我是把一片一片落葉撿起來，沒有統一的精神面貌。我有自知之明，那些文章我不保存。

用今天的說法，我到了臺灣需要「人格重建」，那時候，「人格重建」這四個字還沒有在臺灣出現。我只知道我是一隻野獸，受了傷，需要找一個洞穴藏起來，用舌頭舐自己的傷口。臺灣不是我的洞穴，臺灣是一架探照燈，老是對準我照明。我轉過身去求孔子、求基督，他們開的藥方能治標，不能治本。看樣子我得的是糖尿病，人跟病同生共死。天下事難測難料，我在大陸的時候沒想到能到臺灣，我在臺灣的時候沒想到能來美國。我居然能漂流到地球的另一半，跟我的前半生頭頂上不是一個天空，這一次可以大割大捨了吧，可是不能，我肩上扛的、手裡提的，仍是那一堆碎片。

在紐約，我接觸到佛教。謝天謝地，世界上還有個佛教，我把那一堆碎片交給他，他為我縫了一件百衲衣。百衲衣也是一種完整，而且菩薩不用針線，天衣無縫。那些年，大環境改革開放，有長期的和平，非常時期回到了正常，《論語》、《孟子》又管用了，《馬太福音》又管用了，我也恢復了有神論，有神論無神論都有缺點，有神論的缺點，無神論可以補救；無神論的缺點，有神論不能補救。歷史只是匆匆忙忙地轉了一個彎兒。山川壯麗，物產豐隆，我吃儒家五穀青菜、吃佛家的山珍海味、吃基督的牛油麵包，我的人格重建就在這段時間完成了。我豁然貫通，知道人生是怎麼一回事，也知道文學藝術是什麼，我這才知道「我」是一個什麼樣的人，這才有能力寫回憶錄。這一段心路歷程，一言難盡。總而言之，我來到這個世界上，儒家給我接生，基督教給我餵奶，生活給我跌打損傷，佛法給我治療。大環境提供了最適合療養的氣候，我能定、靜、安、慮、得，能恢復健康。醫院是世界上最乾淨的地方、最有秩序的地方，可是我不能永遠住在醫院裡，出了佛教這個醫院，我回去站在孔夫子的大門口，對南來北往的人說，基督很好，佛陀也很好。

這時候，對一個作家來說，我已經過了我的高峰期。寫散文，我還可以拉長；寫小說，我很難堆高；編劇，我不能纏緊。拉長，堆高，纏緊，不僅是有沒有這個技術，不僅是有沒有這個天分，更是你還有多少生命力可以燃燒。我能知不能行。孔夫子說：「朝聞道，夕死可矣。」我說等一等，不能起而行，可以坐而言，古聖先賢講承傳，不能承，可以傳，朝聞道，夕傳可矣。我不能收割，可以撒種，讓後人收割，我畢竟也收割過。《聖經》上說「流淚撒種的，必歡呼收割」，我現在知道撒種為什麼流淚。兩座山中間有一片高原鏈接起來，兩個偉大中間有無數的平凡鏈接起來，用文學史的眼光看，也許我們都是鏈接。

當年巴爾札克想到巴黎去搞文學，他的一個長輩對他說，你要想清楚，藝術裡頭是沒有中產階級的，他的意思是說，搞文學藝術，要麼就成為大家，要麼就什麼都不是。我是文學裡頭的中產階級，也許我可以證明文學也可以有中產階級。也許我可以證明，人可以經過學習經過訓練成為作家，但是他的成就有一個限度。我堅決相信中國還會有偉大的文豪產生，就像《舊約》裡頭那個老祭司，堅決相信彌賽亞會來。在他沒來之前，我們的責任就是守護祭壇、準備迎接。直到有一天他來了，他一定會來。

這些年，我在紐約，只要有人找我談文學，我知無不言；只要給我時間，我言無不盡。有人說，哥倫比亞大學是什麼地方，NYU（紐約大學）是什麼地方，你也敢來說長道短，我不揣冒昧；有人不喜歡聽，說我講得濫，我不計毀譽。「知無不言，言無不盡，不揣冒昧，不計毀譽」，這是我的「四不」，這是我對文學播種、對社會回報，也是給未來的大文豪織一條紅地毯。

# 安身立命一本書

蘇索才先生在他的專欄裡頭問：「我們聚會時能否談點書？」善哉，我正要談一本書，臺北「聯經」出版的《安身立命》。憶當年我到美國來做人，朋友問寒暖，我說：「此地可以安身，不能立命。」朋友說：「那是我們共同的問題。」渾渾噩噩，四十年眨眼過去了，忽然看到此書封面上四個大字，不覺悚然一驚。

何謂安身？遙想二十世紀五〇年代有個說法，由臺灣出來深造的學生紛紛追求三「P」：學位（Ph. D）、居留權（PR）、房子（Property），由留學而「學留」，這三「P」是必備的條件，今天看來，正好成為對安身的一個解釋。到了七〇年代，這些留學生都有成就了，他們又提出一個問題：我們的根在哪裡？一時之間，無根、尋根、落葉歸根都成了熱門詞彙，安身之後，有人欣欣自滿，有人覺得不足，有更廣更高的追求。根？這就是立命了。

那時，我也曾提出「落地生根」，我也說過根在中華文化，華人帶根走天涯。我的即興文章，遊談無根，不在話下。現在李淑珍教授寫成專書，以四百多頁的篇幅深度發掘、廣泛論說。指出安身立命之道的渴求，源於「巨大的不安」，這種不安又與整個大時代天翻地覆的動盪息息相關。她從政治、經濟、宗教、藝術、科技各方面探討現代中國人的處境，解答「全球化的我在哪裡」，探索「百年世變下華人的精神價值」。全書邏輯謹嚴、語言委婉、力排眾議而又統攝百家，裡面有談不完的話題。

就像主旋律在各樂章中反覆變奏一樣，「安身立命」時隱時顯、貫串全書，在不同的地方她使用不同的構詞。例如她提到「私領域」和「公領域」、「小我」和「大我」、「個人主義」和「集體主義」、為藝術而藝術和為人生而藝術，她使用這些詞語的時候，都染上安身立命的色彩。她對儒家思想未來可能發生的作用期許甚高，使用儒家的「術語」最多，例如內聖、外王，例如謀食、謀道，例如修己、治人，她一一予以新的詮釋，納入安身立命的論證。書中說：「公私領域不能劃為兩橛，而是互相滲透、彼此影響。」對政治人物來說，私領域的「自我心靈的安頓之道」，到了公領域就是「政治社會未來的藍圖」，安身為立命之肇始，立命為安身之完成。最後，她說：「個人的生命短促，使我們感到渺小，而為這個世界承先啟後，則令我們感到莊嚴。」善哉！讀這樣的文句，真該正襟危坐。

平時茶餘酒後，大概不能談到這個層次，各人只注意自己親歷的「巨大的不安」，切膚之感是安身不能立命、立命不能安身。弱水三千飲一瓢，是安身；澄清黃河，是立命。牽蘿補茅屋，安身；安得廣廈千萬間，立命。由安身到立命，中間有難以跨過的鴻溝。有人止於安身，「吾亦愛吾廬」，算了；有人則「若為自由故，兩者皆可拋」，為立命慷慨而行。人海浪花洶湧，安身者可曾久安，立命者可曾確立，總有幾個人物讓你放心不下。作者詩筆入史、悲天憫人，平時茶餘酒後，也不能談到這個層次。所以愛書者始於談書、終於讀書。

李淑珍教授用「前仆後繼的掙扎」形容人類為安身立命的奮鬥，認為儒家的答案仍然是「可能答案」中的一個選項，先儒留下「為天地立心、為生民立命」的宏誓大願，仍然可以是而今而後的動力。善哉善哉，願如貴言！

# 安身立命幾幅畫

李淑珍教授在她的著作《安身立命》裡面，追述、分析一九六一年在臺港兩地發生的現代藝術論戰，從中探索當代華人對「安身立命」的焦慮。

那年代，現代文學、現代繪畫、現代雕塑幾乎同時在臺灣出現，其中以現代繪畫引起的震撼最大。現代畫當時通稱「抽象畫」，抽象不是具象，也就是「什麼都不像」。在中國，傳統的具象畫可以寄託畫家的性命、可以棲息賞畫者的心靈，人與畫以神遇，就是另一種方式的天人合一。抽象畫突然以異類的面目出現，並聲稱要推翻取代一脈相傳的具象繪畫，那些經歷「五千年未有之變局」的人益增徬徨無依之感。徐復觀教授從香港發難，批判現代畫一無是處，現代派畫家起而應戰，雙方雄辯一年之久。李淑珍教授在書中立一專章，題曰「徐復觀的現代藝術」，以近乎評傳的大手筆梳理了藝術史上這一樁重要的公案，足見她對藝術十分重視。

那年代，我們一些文藝青年對這一場論戰十分關心，仔細研討雙方的文章。論戰使雙方竭盡所知所能，讀論戰的文章得益最多，但是雙方各執一詞，能立能破，使人疑惑也更甚。而今夜深忽夢少年事，還能瞥見《民主評論》的封面面容嚴肅、現代畫的作品面容詭奇；老師宿儒面容模糊、淺學後進面容迷惑。就繪畫欣賞來說，我們大都對徐先生的論點有同感共鳴，我用日常生活做個比喻，現代畫家好像是把坐北朝南的四合院拆了，蓋一座三角形的房子，要我們搬進去，四合院雖有灰塵蛛網，一代一代做夢也安穩，三角新宅新地板新家具，好像前途後路都夾死了，有些恐怖？

就繪畫創作來說，我們對畫家也十分同情。那時我們已知道藝術貴在創新，中國畫的發展已經止於至善、成為古典，後之來者對古典只有兩種態度，一是「詮釋」，一是「顛覆」，顛覆是創新的手段。既然「他們已經無路可走」，他們當然反其道而行，「隱藏在五花八門藝術潮流底下共通的幽黯意識」，正是前代畫家留下的空間，他們想用藝術的微光去照亮這漆黑之物。「現代藝術對自然形象的破壞，不過是追尋未來統一新形象的過渡。」正是如此！這正是他們要冒的險。「它在掃除歷史文化價值之後，面對一個不可測度的深淵，人生社會不可能安住在這種深淵之中。」正是如此！這是我們要付出的成本。

論學問見地、文章詞藻，徐復觀教授在對方之上，但對方站在潮流的上游，徐氏則因為一句「現代藝術為共產世界開路」，在戰術上陷入泥淖，他的名言卓識無人引用，獨有這一句話家喻戶曉。人言可畏，大家像吹氣球一樣找到一個缺口朝裡面吹氣，吹到過分膨脹，使它爆炸。上世紀六〇年代雜文盛行，報紙社論、軍中文告、心戰宣言、「立法委員」質詢，處處可見雜文筆法，徐先生議論縱橫、筆鋒犀利，能使用一切有效的武器，「為共產世界開路」是辯士雜文語言，不是學術語言，我看也不是政治語言。雖然徐先生和情報工作淵源甚深，那也都是過去的事了，六〇年代的臺灣，倘若特務機關要找人放氣球為整肅畫家造勢，也不能去找徐，那是小嘍囉的差事，無論如何徐是元老，而且一向和他們並不同調。後來現代畫家提起這一次論戰，列舉自己的戰果，簡化了對方的論點。今讀李淑珍教授的《安身立命》，明白當年她的徐老師是以文化的高度論畫，徐氏認為安身立命之道在儒家文化裡，現代畫既不出於儒家文化、也不歸於儒家文化，他有匡正之心。我想起那年代臺灣一隅，那麼多知識分子有那麼熱烈的淑世情懷，此情可待成追憶！李淑珍教授以史家的修辭立誠、詩人的溫柔敦厚，無私而有情，提要鉤元，不偏不倚，讓我們看見那一坪文化棋的進退得失，看出徐老師數十年的積學之厚，看出現代畫家以藝術為本位的強烈信念，李教授順便把徐老師一時的「有為之言」當作一個病灶包括起來。

有人說，那一場論戰，徐復觀傷害了臺灣現代藝術的幼苗，我的體驗不同。現代藝術是陌生事物，大家不懂是什麼、也不懂為什麼，名將顧祝同看不懂他的公子顧福生畫什麼；臺灣省主席看不懂臺中公園的雕塑幹什麼；臺灣政壇聞人林金生看不懂他的公子林懷民舞什麼，都曾是報上的重要新聞。那時臺灣的現代畫家不肯解釋他的畫，咄咄逼人的徐復觀使他們改變想法（一如現代詩論戰，言曦逼得詩人解釋自家人的詩），他們在解釋中萌生反省和展望。我也曾向詩人畫家介紹「中廣」公司從美國「進口」的「公共關係」，生產者要讓公眾了解產品的優點，辯白誤解。後來詩論畫論都蓬勃起來，詩和畫也自有一番意氣風發。

唉，一九六一年，五十五年了，當年一同閱讀《民主評論》的小青年，生離死別，一一斷了音問，安身立命，早就沒有交集點了。想不到今天有這樣一本書，還在殷殷關切廣土眾民的心靈歸宿，想不到我能讀到這樣一篇文章，使我「悼念」當初一度好學深思的精神。

# 安身立命兩宗教

多年以來，林語堂博士和弘一大師兩個名字在我心中並存，有人提到其中一個，我立即想到另外一個，他們都帶著現世的盛名皈依宗教，都在世俗眼中給宗教增值加分，也都在不求甚解的大眾心中留下一則傳奇。今讀李淑珍教授《安身立命》一書，她以七十六頁的篇幅討論了弘一大師、以六十九頁的篇幅討論了林語堂，檢視知識分子在動盪不安的年代裡曲折的心路，我更發現這兩位名人有許多近似的地方。

後學數中國近代文學人物，也把林語堂尊為大師，抗戰時期我們讀他的書，在逼迫熱辣的現實中獨得片刻清涼，留下很好的回憶。有人責備他不顧民生疾苦，我們也沒放在心上，並不是每一個作家都得寫「鋤禾日當午，汗滴禾下土」。他修辭個人風格強烈，往往出人意表，我們這些一面查字典、一面寫作文的青年，在規矩方圓之外窺見行雲流水，為之欣然。有人批評他的散文其實是雜文，原來雜文還有此一格，很好，中國文學在魯迅的烈日蒸烤之外，多一樹閒適的濃蔭。

至於安身立命？我讀他的書，後來也有機會近距離觀察他的生活，倒是從沒有這樣想過，他在基督教的家庭中生長，入教會大學讀書，後來從基督教出走，走筆行文對宗教、對政治上的集體主義常加譏誚，好像他自己從來沒有這個需要。他最後受洗皈主，我那時沒看到完整的資訊。

現在讀了《安身立命》的分析探索，我才看見一個立體的、完整的、鮮活的林語堂，在「深刻機敏、優美雍容」之外，在「淡泊高潔、坦率真誠」之外，還有一個幽微的內心世界。林大師也像弘一大師那樣，隨著俗世聲名升高，個性和環境的碰撞增強，內心的壓力也加大。他從基督教出走，一度長期遁入道家，隨緣游離愛國主義和文化的保守主義，最後，他和弘一大師都向現實世界之外尋求承擔。

林語堂對基督教入而復出、出而復入，社會大眾不免好奇，《安身立命》對這個問題有完整的答案。中國教徒為什麼「改宗」，書中列舉，燕京大學校長司徒雷登說有兩個原因，研究中美關係的學者瓦格說有五種原因，美國史學家柯保安也有他自己的見解。我不做學問，喜歡簡化，發現眾說之中都含有一個共同的因素，用李淑珍教授的構詞來表達，那就是受到儒家思想的制約。想當初林大師得風氣之先，歐美白人信心滿滿要同化世界，此時的基督教也想以一本《舊約》代替各國的歷史，林語堂進入大學，讀書漸多，發現自己受到蒙蔽，傷害了他的民族自尊。

他為什麼又回歸童年的信仰呢？傳道人當然以「浪子回頭」來彰顯基督教的優越，但是看李淑珍教授在書中展示的文獻，浪子並未回頭，只是回家，這是我的家，我要回來，「如果上帝能愛我，像我的母親愛我一半那樣，祂一定不會把我送進地獄。」一個人不相信原罪、不相信救贖、不相信肉身復活進入永生，居然能受洗成為正式教徒，這也是現代基督教的美談或奇談。林大師為什麼這個也不信、那個也不信？我覺得這裡面有儒家的制約，當年孔孟之徒把原罪解釋為遺傳，他們不能忍受這遺傳的源頭來自猶太人。林氏駁斥肉身復活，認為「貢獻所能，冀求種族不朽、事功不朽，豈不勝於追求個人肉身不朽？」，更是義正辭嚴的儒家口吻。

林大師有沒有在基督裡面找到安身立命之道呢？李教授以近乎感傷的語

氣表示，恐怕沒有。是的，林大師並未進入基督，他是作家，他對天下後世的意義是，他的作品繼續散發檀香和白蘭地混合的氣味繚繞千秋。

李淑珍教授在她的《安身立命》一書中說：「才華出眾、生活浪漫的李叔同，皈依佛門，成為弘一大師……絢爛奪目的藝術家，突然轉變為淡泊自苦的雲水僧。」李教授引用豐子愷的解釋，豐氏把人類生活分成物質生活、精神生活、靈魂生活三個梯次，人人追求物質生活，大部分人在物質生活之上追求一些精神生活，另有極少數的人，所謂精神生活仍然不能滿足他，他追求更高的靈魂生活，所以李叔同先生要出家。豐氏可能受唯物思想的影響，認為精神生活仍然是現世肉身之事。一般認為書畫、詩詞、金石、油畫、音樂、話劇都是精神生活的寄託，李叔同對這些都有很高的成就，他斷然捨棄這一切，皈依佛門，可見「美育」並不能代替宗教。

當年李叔同名滿天下，這樣一個人物皈依三寶，會產生可觀的名人效應，增加佛門的號召力，所以佛門弟子尊為大師，在佛家著述中有很高的曝光率。那些文章刻意凸顯大師的佛性慧根，省略了由俗入佛之間的漫漫長途，以及沿途的苦悶、探索、徬徨，以致我們一般讀者有一個印象，李叔同成為弘一，是一個戲劇性的變化。李淑珍教授從大眾視角追述其事，也提到「從絢爛奪目的藝術家，突然轉變為淡泊自苦的雲水僧」。

接著書中以七十六頁的篇幅，搜羅各種文獻，說明李叔同出家有其內因、外因、遠因、近因，並不「突然」。李氏安身立命歷經五個階段：翩翩公子，留學生，教師，道人，和尚。他不斷追尋自我、創造自我（安頓自我？），最後「由儒入釋、由美入空」。談外因遠因，這本書從潮流世局對人的影響見著述的高度；談內因外因，這本書從人物性格和社會環境的激盪見著述的廣度。著述旨趣既是以弘一大師為抽樣，探討知識分子在道德迷失、存在迷失、形上迷失中如何把握生命的意義，勢必要用謹慎的推理，出之以商量的口吻，探討人物心靈變化，在這些地方更看出著述的深度。

中國的知識分子本是孔孟之徒，捨孔孟而選擇不同的信仰，李教授稱為「改宗」，李教授指出，改宗之後的信仰仍然受到儒家的制約。我的聯想，佛門智者一開始就準備接受這種制約，佛教史說，密教傳入中國，限制了對肉慾的「放縱」。佛法入世，世間化就是儒化，歷代高僧有下列種種說法：

菩提心即忠義心（宗杲）；周公孔子即是佛，佛即是周公孔子（孫綽）；佛化身為帝王，帝王是菩薩行的階梯（慧遠）；菩薩行和仁道結合，儒典之格言即佛教之明訓（康僧會）。弘一大師也認為華嚴的「迴向人間」與儒家的「兼善天下」殊途同歸，發願「現生邁入聖賢之域，命終往生極樂之邦」。佛教接受儒家的制約，才可以利用儒家，但是，要顯得佛家和儒家圓融，你得先模糊兩者的界限，所以基督教堅決拒絕。

書中設問：「多年艱苦的修行之後，弘一是否真的已解脫無礙、成就菩提？」李教授並無肯定的答案。書中淡淡提及有人批評弘一「並未大開大闔、有所興替，讓佛教界面目一新」。恕我妄言，既在佛門，就要用佛家的高標準來衡量，他還是把個人生死看得太嚴重了，「了生死」，一方面是了解生死；看破，同時是不介意生死；放下，所以佛門把「斷煩惱」放在「了生死」之後。李教授在書中以文學的詠嘆為弘一大師塑成一個可敬的形象，說他「關卡重重，崎嶇迢遙，帶著前生的記憶，踽踽獨行」。還有，「走孤獨道路，雖然人跡罕至，卻閃著幽光，隱隱通向天際」，對近代中國知識分子安身立命之艱難，充滿同情。

# 輯二　友誼

太自愛的人，容易受傷害。
急於表白真相的人，容易樹敵。
在歷史轉折有懷舊習慣的人，容易憂憤。

# 糖尿病

## ——應老友之請遞交書面意見

這個世界病了！各種病徵都出現了！

他患的是「糖尿病」。

糖尿病可以治，但是不能斷根，如果徹底把它治好，病人也會沒命。治療糖尿病的原則是，使人與病共存，即所謂帶病延年。

糖尿病人在醫生的「觀護」下生活，定時檢查，照方吃藥。若是血糖升高，必須按照醫生的指示使之下降，如果血糖太低了，又得由它爬上來。

「血糖」比的是人類的私心、損人利己的心、「損不足以奉有餘」的心。沒有這顆心，人類以前也許不能從洪荒裡走出來；有了這顆心，人類以後也許要墜入深淵中去。

幾千年來，宗教家的弘誓大願，是徹底消除人類的私心。也就是要把糖尿病完全治好，這違反「人與病共存」的原則，所以，依照宗教家的設計，他要淨化這個世界、也要結束這個世界。

芸芸眾生，貪戀紅塵，總覺得「好死不如賴活」，寧願去找叫做「政治家」的人醫治。政治家的「兩手」，就是時而按捺人民的私心、時而鼓動人民的私心。他們沒本事在地上建立天國，也竭力避免把人間弄成地獄。人類的命運就在這兩者之間擺盪。

天之生民久矣，忽而血糖太高，忽而血糖太低。論世道人心，將來未必比今天好，現世也未必比古代壞。

記住：醫生自己也有糖尿病，但是他並不因此喪失診病處方的資格，你我不可因此拒絕吃藥。

# 得歲失歲
## ——急告知己

有人曾經提出一個問題：過年，人究竟是多了一歲、還是少了一歲？樂觀的人說「多」，悲觀的人說「少」，從這個角度看是「成長」，換個角度看是「折損」。

有位詩人提出他的答案，「無情歲月增中減，有味詩書苦後甜。」玩味他的含義，好像告誡世人愛惜光陰。他的答案是，光陰減少，學識增加，既已有失，就要因此有得才好。

童元方教授在她寫的〈一樣花開〉中說，古人過年飲屠蘇酒，對老者是「失歲」，對少者是「得歲」，這一安排實在太妥帖了。不妨說，老者失去的這一歲，就是少者得到的那一歲，一手交出去，一手接過來。每年除夕之夜，闔家圍爐守歲，就是默默進行了一次傳承。

有人會問：若是老者沒有子女呢？古人聚族而居，把全族看作一體，族中子弟就是他的子弟。

可是，現在宗法社會已經解體，大家庭也幾乎不存在，那幾句話還有什麼著落？這就強迫我們擴大意念，涵蓋全民。膽大的，放眼紅黃白黑棕各色人群；膽小的，也垂青炎黃世胄。得歲失歲，一脈相連。

不妨說，所謂失歲，實在並未失去什麼。古人除夕作詩辭歲，總是傷感，不知道哪一首的境界到達了這個層次。

「年」已經過來了，凡是失歲的人，請你為後輩高興；凡是得歲的人，請你對前輩心存善意。

「年」已經過去了，請老者繼續為少者付出，無所保留，這乃是天意。請少者珍惜你所得到的，否則恐遭天譴。「年」還要繼續到來、繼續過去，人生代代無窮已，「逝者，如斯夫！不捨晝夜。」

# 與文友談放鞭炮

農曆新年，紐約市唐人街用電子煙火代替傳統爆竹，由專門技術人員操作點放。

中國有句俗諺，「買爆仗給別人放。」意思是愚笨、不合算、被人利用。放爆仗要親手點火，親自製造那小小的驚擾、小小的破壞，天地間因我而「多了些子」。在那一瞬間，我主導事物，產生影響。這是億萬小百姓最廉價的英雄夢。

百年來，常有人問：「中國人，你為什麼不團結？」答案當然一言難盡，現在談的是爆仗，不妨順便取材，「不能團結，也許因為『爆仗要自己放』。」

在中國本土長大的孩子，誰沒放過爆仗？買了爆仗要自己放，誰沒受過這句話的影響？俗諺上升為格言，涵蓋了立業和治事，其間樂趣，只有在不團結的時候才享受得到，所謂團結，總覺得不便與痛苦。

在中國，禁放鞭炮是一個漫長的運動，消防、治安、環保都是理由。終有一天，像紐約一樣，誰也不能自己放，大家必須買電子爆仗讓別人放。放爆仗能夠割捨，附加衍生的某些東西也許隨之消失了吧。

# 最精采的臺詞？

## ——為某老弟解惑

美國出版的《電影大全》，選出自有聲電影誕生以來最精采的十句臺詞，很能看出一些問題。

入選的十句臺詞，都取自著名的大片，通常大片是由「五大」（大導演、大明星、大場面、大成本、大公司）構成，強調電影語言，輕看文學語言，並非產生最佳對白的地方。倒是小片子要以文學補視聽之不足，妙語雋詞，所在多有。

舉例來說，「親愛的，我根本不在乎！」有什麼精采？只因克拉克・蓋博說的，入選了。「龐德，詹姆斯・龐德！」憑什麼最精采？只因是《００７》裡的臺詞，也入選了，其他八句，大抵如是。

倒是小片子裡有些話，回味無窮，流傳廣遠。像「人生有各種飢餓，不是麵包都能夠滿足的」（女主角挑逗男主角時所說）。像「肚子裡滿的時候，頭腦是空的」。像「女人是男人的另一顆心，他知道她什麼時候不跳了」。像「所有的槍聲都響兩次」，意思是你打人家一槍、人家也會打你一槍，也就是你怎樣待人、人家也怎樣待你。把兩組對白比比看，是否後勝於前？

可是，編大全的人，絕不會笨到去選那些話，那些影片早已無人記得劇情和片名。亨弗萊·鮑嘉和葛麗泰·嘉寶熠熠星輝，《阿甘正傳》與《亂世佳人》光芒四射，《電影大全》要沾他們的光打知名度，選他們的臺詞做「十大」發新聞，才上得了主流媒體。

不只西洋人有這樣的「好習慣」，中國的事我們更熟悉。李承修建的一條河堤，范仲淹重修了一下，那條堤就改個名字叫「范公堤」了，並不是范公要改，而是當地人認為范公名氣大、地位高，誠心跟他拉關係、充面子。這一類掌故真是不勝枚舉。

我年輕時對這一類行為看不慣，常罵人家勢利，現在不罵，總算沒有「馬齒徒增」。人有靈性、有物性，富貴不能淫是靈性，「財帛動人心」是物性，對靈性要追求，對物性要同情。

紐約華人有一位知名之士，曾遭受重大挫折，一度精神十分沮喪，因讀我的某一本書得到安慰鼓勵，逐漸復元。他親自如此告訴我。可是他後來公開演講，反覆說是《易經》救了他，對我的書絕口不提。讀《易經》多有深度！多有面子！我完全贊同他的選擇，為他熱烈鼓掌。我一面微笑鼓掌、一面嘉許自己真有人情味。

# 致實習記者某弟

恭喜你得到一個多人角逐的職位，在這個社會，我們可做的事已經不多。

新進總是苦澀的，要像釀酒釀蜜一樣，釀出滋味。常常設想：等我資深，一定善待後之來者。一念護神，百毒不侵。

跟緊你的採訪主任，像小鑼緊跟大鼓，明裡暗裡，吸收他的身教言教。去看看小和尚怎樣緊跟大和尚、研究生怎樣緊跟指導教授、實習醫生怎樣緊跟內科主任。

不要輕言放棄。你是在高速公路上開車，只能向前，到前面看新路標、找新出口。珍惜現有的，創造機緣，不要丟掉已有的，等待那渺不可期。

如果把所有的行業分為兩類，你加入了受人尊敬的那一種。記者是「施者」，把訊息和知識授予別人，借用佛教的名詞，這叫「法布施」，是大功德。好記者都歡喜這種施予，傑出的記者群中沒有天性慳吝的人。

必須關懷別人，有人才有新聞。關懷有錢有勢的人、大名大利的人，不要認為自己趨炎附勢。也要關懷無依無靠的人、多災多難的人，不要認為自己紆尊降貴。重要的新聞大都發生在這兩種人身上。「人」應該是你最大的嗜好，你沒有心情孤芳自賞。

恕我提醒，報紙不是你的，也不是我的，莫忘了從課本上念過的「天地萬物，莫不有主」。施予也許是副目的，但是天賜良緣，在你，這是主目的。要弄明白你有多大空間，更要明白：你在這一行裡越傑出，你的空間越大。

祝福你。

# 論莫須有

## ——與高科技工作者某兄

秦檜指控岳飛謀反，岳飛的戰友韓世忠向秦檜要證據，秦檜告訴他：其事體「莫須有」。

「莫須有」是什麼意思？史家有好幾種說法。我想，秦檜的意思應該是：謀反是何等事！難道還要等他真刀真槍幹起來才算數？

南宋時代，由於技術上的困難，朝廷對掌握軍隊沒有信心，但憑敏感，防患未然。秦檜此語一出，韓世忠大將也無計可施。

到了今天，通訊方便，軍中監察制度確立，情報管道多，政府對萬里之外的軍心士氣，了然於心，千年難題，一朝解決。可是另外有件事，還是常常需要用「莫須有定律」來對付，那就是間諜疑案。

新聞報導說，美國發現「有敵意的國家」製造的核彈彈頭，和美國研發出來的最新產品相似，認為對方竊取了美國的國防機密，證據呢，目前還沒有。機密是怎樣洩漏出去的呢，殃及了一個華裔科學家，證據呢，目前也沒有。

據說間諜是不留證據的，等到證據確鑿，悔之晚矣。這是「莫須有」原型的現代版，即使今天的韓世忠出面，也問不出個名堂來。

間諜嫌疑就像愛滋病，目前還沒有研發出醫治的特效藥，必須小心預防，尤其是母國被列為「有敵意的國家」，後裔更是馬虎不得。

也許可以說，一個「古意人」（老實人），坐在敏感的位子上，大可不必出入諜影重重的世界，去搞什麼交流。也許，今生今世，人人都該提醒自己，必須有「片葉不沾身」的本事，再去「打花叢裡過」。

不要說你跟核彈是兩個世界，今天的世道太複雜，中國城賣餃子的老鄉，也曾因細行不檢、段數不高，惹上諸如此類的麻煩。

臺語稱老實人為「古意人」，很好，上綱上線，古意就是古道、古風，就是守身如守城，就是「君子防未然，不處嫌疑間」，他就是事有所不為、友有所不交、地有所不入、榮譽有所不屑。

江湖風波多，願天下老實人想一想「諸葛一生唯謹慎」。東漢末年，三國鼎立，諸葛亮在西蜀為相，東吳派他的哥哥諸葛瑾為特使，到西蜀修好。諸葛亮在外交會談之外，沒跟哥哥說一句話；外交宴會之外，沒跟哥哥喝過一杯茶。今天讀這段歷史，怎不令人想它老半天。

# 「東聖西聖，心同理同」

## ——致神學院新生某弟

「孔子為帝王服務，打造中國兩千年專制政體；耶穌為貧苦大眾服務，滋生後世平等民主思想。」這兩句話也對也不對。至少你忘記中世紀的黑暗時代了，那一段歷史，基督教怎麼脫得掉關係。歐洲「君權神授」的主張，也是源自《聖經》。

五四運動以來，中國有很多書批評孔子，認定他處處為皇帝的利益設想。我們除了看那些書，更得直接讀一讀《論語》和《孟子》。孔孟的思想邏輯，其實是這樣的：

要替百姓造福，但是百姓在皇帝手裡，於是告訴皇帝，你要穩坐江山，必須如此如此如此。

這個「如此如此」，主要的是愛民，或者「為了愛民」。孔孟指出皇帝和人民有共同利益。如果皇帝根本不聽，他們算是自討沒趣，皇帝如果吸收技術而拒絕原則，在新文化運動者和革命家眼中，他們就成了幫兇。這才是他們真實的處境。

我們不能只看貪圖利祿、逢迎皇帝的讀書人，也要看看因為堅持原則抄了家、殺了頭的讀書人。孔子設計的政體，所謂託古改制，本來排斥獨裁，後世讀書人要「致君堯舜上」，也不是希望專制。中國歷史後來的發展，他不能負責，一如耶穌對中世紀的黑暗不能負責。

孔子和耶穌應該有差異，可是孟子說：「至於心，獨無所同然乎？」陸九淵也曾說過一段了不起的話，意思是「東聖西聖，心同理同」。兩千年後，天主教大公會議做成決議，認為上帝對各民族都派遣了先知，先知並非以色列獨有，可說是對「東聖西聖，心同理同」的進一步詮釋。中國人宣揚基督福音，批孔完全沒有必要。謝謝你。

# 為老友解說一種歷史現象

每當歷史發生變革之時，照例由一批先鋒開始。先鋒的歷史使命是破舊，所以出之以過激。過激，起初也許有理由（策略？），可是過激會引發互相競賽，終於把激烈提高到完全不必要的程度。我們應該記得，五四時期的白話文運動，怎樣否定文言文和線裝書。

當狂熱的先鋒們醉心於大破大立（也許是大破小立，或只破不立）時，他們中間即使有人認為太過分了，也無力反對，因為集團的壓力是不能抗拒的。我們應該記得，法國大革命發生後，先是革命群眾殺貴族，後來就是革命群眾中的過激派殺溫和派。

這是歷史的一個過程，他們拆掉舊屋，等別人來蓋新樓。將來如果有機會，蓋樓的人會對拆屋的人稱道幾句，但天下後世景仰的是蓋樓的人，通常所謂立功、立言指的是蓋樓，不是拆樓。

偉大的人設計蓋樓，幸運的人參與蓋樓，拆屋的人還是吃了虧，並不合算。可是歷史是個專斷的導演，往往不許人自選角色。當然，拆屋的人比上不足、比下有餘，腳底下也還有踩著墊著的呢，這就叫人下有人。

# 中國人如此過年
## ——為某老弟解惑

我談一談我自己過年的心路歷程。人家都說過年過節的快樂是屬於小孩子的，我的經驗不一樣。小時候，我很討厭過年，我覺得人在過年的時候很虛偽。

我小時候讀孔子孟子的書，沒有讀通，認為人應該表裡如一、應該始終如一。過年不是，人是戴著面具過年的，昨天他的下巴還翹得很高，今天元旦他忽然很和善；三天以後，過了初三，他又驕傲起來了。昨天他說話像蜜蜂，隨時準備刺你一下，今天元旦，忽然滿嘴都是吉利話，希望你歲歲平安、恭喜發財；三天以後，過了初三，他又尖酸刻薄了。這樣的年我不喜歡。

一年一年過去，經歷了許多年，我不那麼想了。我知道人生有很多痛苦，而大部分痛苦是我們同類互相製造的，人給人製造痛苦，是百年千年、分分秒秒、連綿不斷、無盡無休的，如果我們花時間花精神統計一下，「人使人痛苦」最多，占第一，下面才是自然災害，再下面是傳染病，到了狗咬人，已經不值一提。人都不願意這個樣子，都想改變，可是誰也沒有辦法。

中國人的「過年」，是沒有辦法的一個辦法。過年是在一年三百六十五天當中劃出三天來，把這三天孤立起來，每個人都立了約、發了誓，在這三天之內不給別人製造痛苦，還要給別人增添快樂。你讓我高興，我讓你高興，你順著我的心，我遂了你的意，人人一張笑臉，人人一口吉利話，父母也不打孩子了，債主也不討債了，都希望別人交好運，糖果紅包不斷往外拿。中國人有個理想國、有個君子國，初一到初三這三天，是理想國模擬，是君子國彩排。這個理想國不知何年何月才出現，但是每年先有三天意思意思也不錯。

我現在歲數大了，反而喜歡中國年了。我要糾正以前的錯誤，過年絕不是弄虛作假，你想，誰能讓全體中國人一起做這個假？怎麼會「假」了幾百年幾千年還不停止？為什麼亞洲別個國家的人還要跟著學？這不是做假，這是一齊把時間切斷了、把空間切開了，同心協力做實驗，營造新的生活態度。這三天，中國人看見了異象、看見了中國人的淨土樂園。

我們一同來喜歡中國新年。

# 詩緣續斷

已故詩人于歸先生，臺灣中華書局《當代名人錄》有傳，全文約七百字，摘要如下：

字還素，吉林人，民國十五年生。哈爾濱農業大學畢業，早年曾遊學美日。來臺後先後任「中國文化研究所」委員、「國立歷史博物館美術委員會」委員等，介紹現代藝術思想及美學之譯述與評論。近年來籌組「中日韓德法協會」，譯著有書道全集等八種、詩與評論單行本若干。現任「國大」代表。

我記得當「現代畫」傳入臺灣時，許多人因「看不懂」而自相驚擾。那是一九六〇年代初期，臺灣的社會還在鬧「神經緊張」，而畫家拒絕解釋自己的畫。有人對席德進說：「有人認為你們在為共產黨鋪路，你們還不說個明白？」席德進悍然回答：「我到法庭上再說。」我想，法官未必懂畫。現代畫先要使大家（包括法官在內）能接受，至少要使大多數人（包括法官在內）願意了解。倘若平時不下工夫，臨時突然上了法庭，又如何能說得明白？幸而有幾位專家不辭辛勞、不避嫌疑，做現代藝術的辯護士，做那為現代藝術修橋鋪路的工程師，于歸先生正是其中一個。

于先生的藝術評論略嫌艱澀，對藝術殿堂門牆以外的人缺少感染力。雖然「名人錄」以大半篇幅推舉他「介紹現代藝術思想」，對他在詩和書法方面的成就一筆帶過，但在臺北文壇，他以詩人和書法家知名。還記得有一年，臺灣的書法家舉行聯展，于先生送去一副對聯，寫的是：

一身是膽終非虎

萬里無雲欲化龍

他寫的是他自己的詩句，意有所指而又不知其何所指，在這可解與不可解之間，觀者只覺得一陣震駭。消息傳出，展覽會場立即門庭若市，這副對聯成為大家茶餘酒後談論不休的話題。後來詩人羊令野出面解讀，表示這兩句詩是描述剛剛出任臺灣「行政院長」的蔣經國。蔣氏當時雄心壯志，主觀的意願非常強烈，怎奈本身條件不夠（終非虎），國際形勢也對臺灣不利（萬里無雲）！對於羊令野的解說，于歸從未否認。

于歸先生的詩才可見一斑。首先，他把政治評論轉化為兩個比喻，這兩個比喻非常新鮮，我想從未有人用過。而如此鮮活的意象竟是用成語組成的，文學的奧祕幾乎全在這裡了。再者，聯句似乎直指蔣經國，其實觸動我們每一個人的潛意識，給每個人很大的挫折感。那年代每個人都心中鬱悶，有翅膀卻飛不起來。于歸的筆觸在特定的對象身上輕輕一點，立刻離開，文章不為一人而設，這實在了不起。

有一年于先生來美，以「口占」贈我，兩詩是：

**其一**

不聞風雨惡　忍見過雁多　蒼茫焉肯去

有筆動山河 高懷曠古今 罄竹不為說
名篇起時俗 絕世未沉痾

## 其二

風塵流水動 花月自天心 鴻文洛陽貴
稱名古若今 寂靜含露竹 蒼然老鶴雲
一介高懷士 何日起沉淪

我當時對他說，這樣的兩首詩我怎麼當得起，我把它看作對海外的華人藝文界廣泛的關懷與期許，在這個前提下，我請求他把這兩首詩寫成一個長軸，供我朝夕惕勵。他也認為這是個好主意。誰知他回到臺北以後，被一輛車重重地撞了一下，地點就在他自家門外，那完全是他私家的空間。這一下撞得太重了！太重了！我記得臺大歷史系主任于又蓀教授也是走在人行道上冷不防被車撞了一下，也是撞得太重了！太重了！還有，臺大教授、著名的評論家齊邦媛女士，也曾經在自家門外挨撞，治療休養了段日子。這就是臺北市的交通！

事到如今，我找出那語重心長的兩首詩，央旅美書法家阮德臣先生以趙體行書寫成斗方，懸之座右。這幾年又是多少「忍見過雁多」、「蒼然老鶴雲」，但願我輩有人真能「鴻文洛陽貴」、「名篇起時俗」！

# 在鄉石

洪連先生想起他故鄉的花崗石，撰文娓娓而談，我因之想起吾魯的紅絲石、金星石、燕子石、徐公石。

山東省的地形像一隻駱駝，這隻駱駝的肚子裡有一大塊結石，就是日本人所稱的「三角山地」，著名的沂蒙山區是這山地的一部分。上述各種石頭，都是偌大山地中的名產。

名氣最大的是紅絲石。這種石頭上有紅色或黃色的細線，密集、平行、垂直，好像刷上去的一樣。這叫做「刷絲」。刷絲也可能旋轉環繞，如環帶波浪。它的顏色，古人用兩個字形容，一個「鮮」，一個「潤」。石頭的顏色最忌黯淡枯槁、沒有生命力，所以要「鮮」。如果鮮而流為俗豔淺薄，也是下品，必須內蘊外現、厚積薄發，謂之「潤」。這個字在中國文化裡有重要的意義，只可意會。

紅絲石可以做很多東西，最著名的是硯。這種石頭往往有好幾層顏色，硯在一個平面上有深有淺（有受墨的地方，有受水的地方），可以把石頭內層的顏色展示出來。硯講究「發墨」，也就是很容易把墨磨好，這和硯石的纖維有關係，紅絲石據說完全符合要求。柳公權、唐詢、李後主和乾隆皇帝都把紅絲石硯抬到最高，有人認為超過端硯。山東名列中國四大產硯區之一，《辭源》也收了「紅絲石硯」一條。

不過現在紅絲石的礦源枯竭了。現在從市面上看到的紅絲石，刷絲不匀，線條短而交叉，顏色好像沾了髒東西，這樣的石頭已不足與以前的盛名相符。唐宋之季，紅絲石硯的名作想必不少，千年之下，能留傳到今日的也不多了。愛石成癖的人仍然常常到廢棄的礦坑裡去搜，以「拾穗」的精神企求偶然的發現。

所謂燕子石，石上有三葉蟲的化石，形似燕子，因而得名。有些三葉蟲比較肥胖，似蠶非蠶，環節分明，左右開張如蝙蝠，仰臥石上，所以又叫蝙蝠石。有時蟲形支離破碎，一首一尾一肢節紛然雜陳，這是下品。有時蟲陣密集，圖案奇特，這是上品。三葉蟲是遠古的生物，想三億年前，山岩急速形成，無數隻三葉蟲葬身其中，成為岩石最堅硬的部分，令人摩挲憑弔，除了玩賞，兼有在歷史的長河中臨流待渡的心情。

燕子石的石質平常，但化石名貴。王士禎《池北偶談》記一方蝙蝠石硯，說「背負一小蝠、一蠶腹，下蝠近百，飛者伏者，肉羽如生」。一石之中，燕子蝙蝠都有，是燕子石的異數。我也看見過一方燕子石硯，硯堂（受墨的地方）布滿了「燕子」，其他地方則乾乾淨淨。硯堂必須經過琢磨，居然磨出一「窩」化石來，而且分布在一個層面上，不必弄得凹凹凸凸。這也是難得的奇珍。買一個印泥盒，盒蓋上恰恰有兩三隻蝙蝠，在當地市肆唾手可得，帶到遠方就有資格展出。

我要特別介紹一下徐公石，此石產於徐公店一帶的土壤之中，當地居民耕田或者蓋屋時，隨手可以一塊一塊翻出來。石片不大，多半正好做一塊硯臺。通常採石要炸山鑿洞，採得石塊以後，還要動手分解，工作艱苦，徐公石就平易近人。有些石片中間微凹，正好受墨，孩子揀一塊放在書包裡就行，連雕琢磨治都省了。所以徐公石硯又叫「天成硯」。

徐公石有許多顏色：茶葉末、蟹殼青、鱔魚黃、沉綠、生褐、紺青、橘紅。偶然一石之上各色交織、斑斕隱隱。有時石上有蝕文、有石乳，古意盎然。我最喜歡那種「海澄天青」的色澤，中有幾抹雲痕鶩影，「清輝玉臂寒」似為這種石材寫生，觀之生「夜夜心」。石上又有所謂「冰紋」，如春冰初解，線條極美。上等的徐公石超出「中下」的端石，端石的「銀線」尤不能和「冰紋」相比。

我對徐公石有偏愛。依我看，紅絲石到底閨閣情調太濃厚，難怪是《桃花扇》裡畫桃花時所用的道具。燕子石的價值在「燕子」，用以製作小型的擺設，趣味也集中在「燕子」，若論石質石色，前代人講究的是淨、膩、瑩（植物的顏色，動物脂肪的潤澤，日月星辰的光線），它好像沒有。至於石質細緻，古人要求「如孩兒面、如美人肌」，上等的徐公石始足以當之。

山東還有金星石，名氣大，與王羲之有關，我目前了解不多。古人認為「地以石為骨」，這個骨是頭骨，因為地質學說石是地殼的材料。古人又說石頭是「土之精」，《辭源》解釋說石頭是「土之堅硬成塊者」，兩者暗合。世界上真有人愛石頭，米元章以石為兄，酈子湛以石為妾。煉石補天，啣石填海，這些故事的創作者恐怕也是愛石人。好的石頭「石中有畫、畫中有詩」，這話我倒懂得。

當年山東山區裡的居民是出了名的窮，「地之骨、土之精」害了他們。現在用新法開採石礦，加工做各種工藝品，忽然發現上天有好生之德，石頭照樣養人。駱駝肚子裡的那一大塊結石變成營養品，慢慢消化吸收，可以惠及萬世。我也弄來幾塊石頭，朝夕供奉，它不是兄、不是妾，是那些鄉親的財神。

# 龜兔賽跑複議

頃在《僑報》副刊拜讀凌先生〈龜兔賽跑別議〉一文，很有意思。他認為這個故事「將本能不同、個別行為突發現象與通常行為普遍現象扯到一塊來相比，不合邏輯」。他說此一「人為的想像設計，寓意過於單薄牽強」。他反對薄兔子而厚烏龜。

凌先生文中提到，大陸上有位作家重寫〈龜兔賽跑〉，先跑到終點的是兔子。這篇翻案文章我沒讀到。我記得林語堂先生寫過幾則《新伊索寓言》，描寫兔子在賽跑途中活蹦亂跳，忽而到河岸喝水，忽而到樹林裡和鳥獸玩耍，最後一個衝刺到達終點，把烏龜拋在後頭。林先生加在篇末的按語是，有天才的人毋須死用功云云。

誠如凌先生所說，寓書出於「人為的想像設計」，而作者之所以如此設計，是以此為「容器」，安放他的「哲學」。凌先生認為今天的競爭者貴在發揮天賦、改正缺點、講求方法，並非墨守成規、埋頭苦幹可以制勝，這是另一種哲學。林先生認為先天稟賦比後天努力更重要，「勤能補拙」只是「不無小補」，這又是一種哲學。伊索的龜兔賽跑非為這兩種哲學而設，因之格格不入。

奉哲學的名，伊索可以使烏龜勝利，林語堂可以使兔子勝利。別人還可以別出心裁，例如使兔子和烏龜同時到達終點，示天才和努力之不可偏廢。或者製造一種情況使兔子在最後關頭功敗垂成，天下事雖曰人事，莫非天命。這些「哲學」可以分優劣、定高下、決取捨嗎？也許可以，不過論題已在文學之外。

我想，聰明人不肯下苦工夫，是人世間的一個永恆現象。有位教育家在無計可施之餘喟然歎曰，這是上天留一條路給不太聰明的人走，讓他們也有生存發展的機會。〈龜兔賽跑〉是尋常文章，不能涵蓋及解釋全部人生，但亦得其一隅。還有，就文章技術而論，人人知道烏龜跑不過兔子，一眼可以窺穿謎底，伊索必須「出其不意」，來激發讀者的興味、引導讀者思考。職是之故，伊索建立的這個原型還不是那麼容易淘汰的。

就文論文，寓言是一種比喻，比喻分「喻」和「被喻」兩部分，這兩部分只要部分相似，並不需要全體相似。「車如流水馬如龍」，車和流水本不相涉，一是固體，一是液體，但在某種情況下，兩者都是起伏流動、連綿不斷的線條，因此水可喻車。「鬢髮似雪」，不僅都呈白色，聯想到雪花覆蓋山石樹木，連形狀也類似。文學家有獨特的眼光，能從絕不相連的兩件事物中發現共同點，創出新鮮的比喻，因此「第一個用花比女人的是天才」。

寓言是一種比喻，複雜的寓言是複雜的比喻，是許多比喻之組合，其組合之內層效果求深刻、組合之表層效果求動人，可以完全放棄「合理」。女媧補天，是因為天之一角塌陷，天之所以塌陷，是因為大力士共工氏撞倒了一根柱子。這故事多麼荒唐？但是，誰能把它推翻？「刑天舞干戚，猛志固長在」，刑天在作戰中被敵人砍掉腦袋，他立刻用乳房做眼睛，繼續戰鬥。故事又多麼荒唐，誰能把它推翻？它們不靠「合理」而存在，反而因不合理耐人咀嚼，以它的譬喻功能而存在。

〈龜兔賽跑〉的故事也是如此。第一，龜和兔絕無賽跑之可能，伊索拉牠倆同臺演出，在當時即是一種創意。第二，以龜喻天分低、條件差而能堅忍不移的人，以兔喻天分高、條件好而輕浮、安逸的人，「喻」和「被喻」都有部分相似，可以納入組合。第三，龜兔競走，勝利的竟是龜，荒唐之至！唯其表面荒唐，才把那「不荒唐」的內層含義襯托出來：這兩種「人」的確常常生活在一條跑道上，而行者常至、為者常成。

伊索寓言的內容確實失之簡單，它之風行世界，是以兒童讀物的身分出現的，然而它是古典，古典多半簡單，後人的態度多半是演繹它，找出它隱藏的意義，甚至賦予它本來沒有的意義。〈愚公移山〉何嘗禁得住「邏輯思考」？現在不是也能為「現代化」服務嗎？

# 中國愛情

愛情無所謂中外，那是人性。愛情表現的方式中外有時不同，那是文化。

詩人非馬有詠連理樹的短詩，甚雋永。連理樹的故事始見於《搜神記》，大意說，戰國時宋康王奪了韓憑的妻子，韓自殺，韓妻也自殺。康王大怒，禁止他們夫婦合葬，故意使兩墳隔一段距離，彼此相望，並說，看你們兩個墳墓能不能自動合併。結果：

> 宿昔之間，便有大梓木生於二塚之端，旬日而大盈抱，屈體相就，根交於下，枝錯於上。

墳不能合，以樹合，速度如卡通電影，精誠所至，使人震駭。《搜神記》沒有記下康王反應，好像這個暴君只是為彰顯愛情的不朽而設，事成，他便「出鏡」了。

宋康王沒有下令伐樹，到此為止。韓憑夫婦的冤魂也沒有化為厲鬼危及人世，以倔強、但是與人無害的方式表示了抗議，雙方都很「中國」。甚至可以說，韓憑夫婦的幻化是「大地受了侮辱，卻報之以鮮花」，以連理樹為自然界添一景觀，境界超乎「你儂我儂」之上。我想這就是中國式的愛情觀。

連理樹使人聯想到《梁祝》結尾時的兩隻蝴蝶。無限悲苦，昇華為美，擺脫真痴，遺世御風，使人目送神移、悠然忘我。《梁祝》的情節比較複雜，可以馳騁想像、發揮文才的地方比較多，所以這個故事「發育」得特別好，把「連理樹」掩蓋了。

就古典文學的題材考察，中國式愛情有一個特點，那是士子與妓女的戀愛。據說，世界上任何國家，在愛情的舞臺上，妓女出場的次數都沒有這樣多。這是因為古代士子受禮教約束，沒有和女子社交的機會，情愛的對象只有娼妓。而那時沒有梅毒和愛滋，妓女又大都受過文化方面的調教，白居易在杭州做官，憶妓詩多於愛民詩，反被視為風雅。

古代士子的婚姻，大都沒有經過戀愛的階段。夫婦是「人倫」，責任多於激情。像蘇東坡、白居易那樣有身分的人，也不可以在詩詞中渲染和髮妻的「狎昵」。再說，士大夫在夫妻之間是否真有痴男怨女、銷魂蝕骨的深情，大成疑問。胡適說中國人「先結婚後戀愛」，恐怕只是外交辭令。如此這般，文人浪漫的一面，只有藉著娼妓發揮出來。

娼妓賣身，沒有自由，而士子遊宦無定，也並不是非常有錢，他們的「戀愛」，往往「多情自古空餘恨」或「海棠應悔我來遲」。唐代詩人羅隱寫過一首〈贈妓雲英〉：

> 鍾陵醉別十餘春，重見雲英掌上身。
> 我未成名君未嫁，可能俱是不如人。

「掌上身」當然是用了趙飛燕「掌上舞」的典故。它有兩層含義，一是體態之美，二是做「大腕」手中的玩物。我猜羅隱的用意偏重後者。「重見雲英掌上身」，十年後再見，妳怎麼仍是原來的身分？這才想到「我」也沒有成名，也和原來一樣。「可能俱是不如人」正話反說，沒嫁掉，也沒成名，都是由自身的優點造成，例如品味氣質等。詩因此一句成為名篇。

中國式戀愛還有一個特殊區域，即人與狐的愛情。狐，俗稱狐狸，其實狐是狐、狸是狸。人狐之戀由來已古，集其大成、蔚為大觀的是《聊齋誌異》。

在《聊齋》裡，狐常常化身美女，挑動男子，打破傳統的被動形象，使愛情故事面目一新。狐有異能，常常化無為有、未卜先知，豐富了愛情故事的情節。更重要的是，狐是異類，不受「風化」裁判，反而可以充當「禮教」的反面教材，因此作者有更大的自由，可以觸及「性」的領域。《聊齋》對性的描寫超過《西廂記》而略遜《肉蒲團》，因文筆優美、文字晦澀而為上流社會所容忍，是中國文學的異數。

據王善民先生研究，狐之出現，啟動了中國人的性幻想，解放了禮教束縛已久的潛意識，所以《聊齋》風行而且不朽。《聊齋》絕非僅僅文筆過人而已。

# 天地不為一人而設
## ——復關漢卿專家

謝謝你，從家鄉來的消息總是動人心弦。你說，東海孝婦墓要重修，不知怎麼個修法。孝婦墓就是竇娥墓，竇娥就是「六月雪」的女主角，戲聽過，墓也見過。

孝婦墓在郯城城東，長三十米，寬三十五米，封土高四米半，我當年在墓前想到「人生自古誰無死，留取丹心照汗青」。現在雜念多，看事情東拉西扯，我想，孝婦多矣，冤獄也不少，竇娥能有這麼一個墓，恐怕是為和郯城之西的「于公墓」相互輝映。于公是于定國的父親，而于定國在漢宣帝時為相，是一位賢臣。這位于公在世時擔任東海郡的司法官吏，承辦竇娥的案子，力主孝婦無罪。太守不採納他的意見，他因而辭職。于公是小吏，死後有豐碑隆塚，當是東海郡「看子敬父」，為彰顯于公之賢，竇娥是最有說服力的證據。

不過你是純正的文人，寧願相信不朽的竇娥是靠關漢卿的劇本，而于公又是沾了竇娥的光，這就像是傳說《馬賽曲》掀起法國大革命、《湯姆叔叔的小屋》導致美國南北戰爭，凡我操筆之士寧信其有。這樣，就顯得我們的專業很重要，可以做歷史的加油器或煞車。關漢卿的《感天動地竇娥冤》是一等一的好戲，脫胎而出的《六月雪》也是一等一的好戲，可是，這裡面有一個問題你想過沒有、你聽誰說過沒有。我現在甘冒不韙，向你一吐為快。

竇娥是孝婦、是節婦，沒有問題。竇娥遭人陷害，罪名是殺人，太守糊塗，判她死刑，這是天大的冤枉，沒有問題。冤獄應該昭雪，庸吏酷吏應受處罰，當然也沒有問題，即使竇娥英靈不昧、毒怨在心，對仇人有什麼自力報復，我也可以接受。可是，她在臨刑之時竟然說，為了證明我含冤負屈，此地要在夏季降一場大雪；這還不夠，為了證明我含冤負屈，此地要大旱三年。我的天，六月飛雪，農作物都要凍死，下半年的收成幻滅，千萬農夫的「汗滴禾下土」徒勞無功，只因為自己這一口冤氣梗在胸中，就要這一方百姓挨餓受凍。不僅此也，這大旱三年，沒有收成，餓死多少人？瘟疫流行，病死多少人？又有多少人求生不得、求死不能？這其中有的是善良百姓、忠厚人家，他們又朝哪裡去喊冤？

我由竇娥想到張獻忠，這是很大膽的聯想。張獻忠陝西人，跟著他父親「趕驢」為業，「趕驢」是出租驢子的腳力運貨或馱人。他們走到內江縣城停下來休息，把驢子拴在張家祠堂大門外的旗桿上，依當時的習俗，這是對張家的冒犯，何況驢子還在旗桿旁邊拉了屎。張家管理祠堂的人把張獻忠的父親抓起來抽了一頓鞭子，並且命令張父跪在地上用嘴把驢屎一顆一顆啣起來「打掃」乾淨。那時張獻忠年紀雖小，卻有大志，他發誓有一天要殺盡內江人。

過了幾個月，張獻忠和他父親趕驢又到四川，獻忠在野外出恭，順手摘了一片葉子當作草紙，他不知道這種「蛤蟆葉」上長滿了茸茸的細針，這些軟毛黏在肛門周圍先是奇癢無比，繼之腫痛難忍。於是獻忠咬牙切齒：四川的野草也欺負人，有一天，我要殺個寸草不留！

毫無問題，張獻忠父子受此對待令人礙難坐視。毫無問題，內江的豪主惡奴必須受到制裁。但充其量不過是演一齣「殺家」罷了。何至於要把內江人殺完，何至於要四川「寸草不留」。何況張獻忠的偉業並未畫地自限，張獻忠可曾想到，當他宣示「殺殺殺殺殺殺殺」的時候，他已集殘忍凶悍之大成，內江的土豪早已不值一提。要除小暴君，自己必須做大暴君；只因這世上有一人冤死，我必使之冤死千萬人。這如何得了？

東海孝婦的故事上起劉向、下迄程硯秋，由小變大，由瘦變肥，發育的過程漫長，而內在邏輯大致一貫，那就是，「被侮辱與被損害的」有天降神授的某種特權，包括荼毒生靈的權力。在關漢卿，這只是一種幻想；到張獻忠，那就創造了歷史。「特權」的預言大快人心，到頭來卻是「被侮辱與被損害的」一併餓死或殺死。時間如此之久，歷史教訓如此之多，偉大如關漢卿也不能另起爐灶、改烹新味，這就怪了！

此刻，我的快樂幻想是，一杯茶，兩盤乾果，幾滴雨聲，聽聽你對這個問題的意見。「被侮辱與被損害的」不能有，如果有，必須恢復他們的什麼權……你叫它什麼權都可以，唯獨不能是特權。

# 都是選擇惹的禍

## ——再復關漢卿專家

我曾對竇娥和張獻忠略有微詞，你認為那一切都是社會造成的。這「社會責任論」倒是外面流行的意見，人人耳熟能詳。在美國，如果有人犯了滔天大罪——例如端起機槍朝著滿街行人掃射，第二天，報紙會說，這要怪他的父母在六歲的時候離婚；或者說，這要怪政府的經濟政策使他失業；或者說，這要怪一九幾幾年美國介入了越戰；或者說，這要怪衛生局不能撲滅愛滋病，使他的性苦悶不能宣洩，……什麼都要怪，只是不去怪那個犯罪的。

你還記得劉永福嗎？他是在我們的歷史教科書裡出現過的人物。他在同治光緒年間破敵於安南、臺灣，也曾在南海、惠州等地為民眾謀福利。武將能夠「功在國家」也許不足為奇，同時又「澤及百姓」可就難得了！他的官職雖然不高，他這個典型卻甚為完美。

可是，「社會」是怎樣對待劉永福的呢？他的家境十分窮困，母親以接生禱神為業，每天早晨為劉永福梳好小辮子就出門，深夜始能回家。十歲，劉永福在擺渡過河的船上做小工，常常赤足單衣冒冷雨站在河岸上等母親歸來，遠遠地總是先聽見母親的哮喘聲。他扶著母親，娘兒倆手足冰冷如雪，一路上發著抖、打著寒噤回家。按說，在這種環境裡成長的孩子「應該」是偏激的，可是他沒有。

劉永福八歲那年，一家人實在窮得無法生存，全家遷往廣西，投奔他的本家哥哥，每天步行八十里，不幸他的本家哥哥就在這個時候破產了。這件事使永福一家陷入絕境，在他二十二歲前，他的父親母親哥哥弟弟還有一個叔父都貧病交迫而死。他母親去世的時候，鄰人湊錢買棺，他託一個本家弟弟代辦，這人好賭，拿了錢一去不返。我們設身處地想一下，他的日子是怎麼過來的，「動心忍性」四字豈足以形容！按說，在這種壓力下長大的青年，「應該」是變態的，可是他沒有。

如果劉永福的影子已經模糊不清，武訓一定還活在你的心裡。我們的國文教科書以民謠風的七言長詩記述他的義行，大陸拍過電影，又清算了那部電影，不啻為武訓的不朽之身鬃金鍍銀。武訓本是目不識丁的孤兒，年年以出苦力做長工為生，雇主欺他不識字，造假帳吞沒武訓的工資。今年如此，明年仍然如此；甲雇主如此，乙雇主又是如此。按說武訓「應該」自暴自棄，或者憤世嫉俗，或者鋌而走險，可是他沒有。

武訓認為他之所以受人欺壓，主因是不識字，而他之所以成為文盲，是由於小時候沒有人替他繳學費。那時失學的兒童極多，武訓決定創辦免費施教的義學來解除這些人的痛苦。他當時一貧如洗，用行乞、做手工、唱歌、給小孩子當馬騎種種方式賺錢，積少成多，聚沙成塔。他有了錢，怎樣長跪在財主門前，哀求放貸生利；他辦起義學，又怎樣長跪在老師宿儒面前，哀求有教無類。極盡艱辛，為人之所難能，這裡也不用細表了。必須提到的是，後來武訓興學，成績斐然，山東巡撫上奏朝廷，皇帝特地賞給武訓黃馬褂一件、捐款簿一本。如果武訓穿起黃馬褂、拿著御賜的捐款簿登富商巨紳之門，豈不等於奉旨要錢，誰敢不給？他如果以權謀私，挪用捐款，取個老婆，每頓飯炒一、兩個小菜，皇帝似乎也會默許；即使揮霍無度，弄出大紕漏來，「社會責任論」者也不怪他。可是武訓仍然居陋巷斗室，每天用白開水送鹹菜饅頭下肚。人何嘗必然是社會的機械玩具？

有時候，我想，如果一切都由「社會」負責，倒也好玩。「社會」使四川內江的富豪侮辱張獻忠父子，又使張獻忠起事殺人，這種以百姓為芻狗的社會要不得；「社會」再使一批人打碎它，它導演了一齣大戲，其結局是自毀。就戲論戲，確是上選，只是我給「人類」找不到座位。這樣的戲人類「玩」不起！

我們的聖賢認為「社會」是一道又一道選擇題，人要對自己的選擇負責任。一樣米養百樣人，人和社會的關係不是罐頭和工廠的關係。以「選擇」取人，有些人我們崇敬，有些人我們體諒，有些人我們深惡痛絕，要看他的選擇發生什麼樣的後果。雖然說，談到價值標準，爭論很多，無論如何竇娥決心使東海大旱三年、張獻忠起事屠城血染千里，在任何一種社會都並非樂見樂聞。

寫到此處，消息傳來，河北山東嚴重乾旱，黃河下游已經枯乾。我想我不必寫下去了，因為你就在災區之中！

# 輯三　智慧

藝術太美，人生太醜；藝術太莊嚴，人生太猥瑣；
藝術太無用，而人生的實際需要太多……
尊敬那知道得很多的人，憐憫那知道得太少的人。

# 捽

當年羅斯福做美國總統，他到一家飯店去演說。事畢，羅斯福出店登車，安全人員希望總統不要被門外行人注意，就站在門口仰首望天，那經過此處的人見了，也紛紛用目光搜索天空，其實空中連白雲也沒有。羅斯福乘此機會走進座車，竟沒有被那些人發現。

一位朋友在紐約市和臺北市各做一次重複試驗，他們一家站在鬧區某大公司門外看瘦了脖子，沒有一個人停下來問他們發生什麼事，唯一的反應是有人帶著孩子吩咐他們「讓開」！朋友亦莊亦諧地說，住在臺北的要人不必再施羅斯福的故技，這個老法子今已失靈。

我那好求甚解的朋友所以多此一舉，並非替大人物獻策開道，他是受到張曉風教授一篇文章的啟發。曉風女士在她的散文裡說，某某古剎有一件世代相傳的鎮廟之寶，通體用琉璃做成，既怕失竊，又怕損毀，該寺當家的方丈時時牽腸掛肚，惟恐萬一。有一天，方丈忽然想通了，把那寶器捧在手中，用力朝地上一摔。不用說，寶器立刻變成碎片，再變成垃圾，而方丈從此無沾無礙，此心光明潔淨，成了有道的高僧。

這個故事爽脆可口，雖在這蠻夷之邦，也茶餘酒後屢被提起。大家都覺得該「摔」的東西太多，這「擲地有聲」實在不亦快哉。我說過，我曾參觀一座僧眾逾百的大廟，適逢他們舉行消防演習，僧眾訓練有素、指揮有方，泥裡水裡那股赴湯蹈火的幹勁，使我想起陸戰隊。我說我也曾稍稍涉獵佛書，某些高僧對怎樣訓練一個徒弟、怎樣管理一群僧人，倒也頗有操縱擒拿，與世俗所謂統馭之術息息相通，這三學三寶之事豈是一摔了得？朋友說：「你若把這番話寫成文章，我保證沒人愛看。」

朋友說，他做的實驗表示「今人」摔掉了「古人」身上的一些東西，那些東西曾經被人評價甚高，例如對別人的關心之類。懂得方法學的人也許對這個結論嗤之以鼻，但這是談生活經驗，不是談學術研究，「實驗」在這裡只是一個「楔子」。生活經驗常被後來的學術研究加以證實，所以遊談無根亦不傷大雅。

到底是哪些題材、哪些情節，前人愛看，今人不愛看了？倘若羅列對照、察其所以，豈不是很好的論文？步兵在戰場上搜索前進，一個小兵（身材瘦小也）踩著了地雷，只要他一舉步，地雷立刻爆炸，他只有牢牢地站定，等全隊人馬安全地隱蔽起來，他再粉身碎骨。這情節，在以二次大戰為背景的美國片和以懲越之戰為背景的中國片裡都出現過，那小兵身上背負的不只是背包，而無分中美，對他所背的東西（無形的東西）都有興趣。可是如今，我想已不足以「膾炙人口」。

窮則變，變則「摔」，新的設計是，小兵一腳踩住了地雷，同隊的人都疏散了，獨有他的班長蹲下來叫他不要慌張。班長抽出刺刀來輕輕地伸進小兵的腳底下，重重地向下壓，壓住地雷的彈簧帽，先讓小兵脫身。直升機緩緩吊來一箱砲彈，班長用砲彈箱壓住地雷的彈簧帽。最後一個步驟是，砲彈箱連著一根長長的繩子，班長跑到遠處伏在地上拉那根繩子，砲彈箱滑動，地雷爆炸，這時地雷威力所及之處空無一人，誰也不必壯烈犧牲。好極了！

話到此處，不能不提鹿橋的長篇小說《未央歌》，這本書寫抗戰時期的流亡學生，而毫不沾惹時代憂患，男女學生略如年畫中人，論者嗟嗟稱奇。

著者說他要把書中的人物與時代用風快的刀「一刀切開」，這一刀，就是「摔」。長沙大火，中原大水，摔了吧。南京大屠殺，重慶大隧道，摔了吧。不能歸田的老兵，不能兌現的公債，摔了吧。不摔，讀者的精神壓力太大，不堪負荷。忠臣義士無非血肉模糊一團，叫人怎麼受得了、怎麼受得了！所以這本書越來越暢銷，為抗戰文學立一別裁，為「摔」的文學建一典範。胡蘭成的《今生今世》寫流亡學生唱歌比說話多，宛然落花流水，可是他失敗了。他居心為汪精衛開脫，想讓讀者換個更重的包袱，豈不枉費心機！

片羽沉舟，一根草壓死駱駝。今天國人的精神超載，像飛機的機件出了問題，一件一件往下拋行李。啼血的杜宇將在文學中絕種，填海的精衛將在文學中退休。紀剛寫《滾滾遼河》，為抗日英雄立傳，他很感慨地說，我不是為人在茶餘酒後提供談話資料！我怕，我擔憂，將來史學中的英雄自有立足之地，文學中的英雄只有棲身於漁樵閒話了。

# 失出和失入

「無罪」並非一定就是「清白」，這個觀念我能接受。法律假設人人無罪，除非你能證明他有罪。因此，在法庭上，「無罪」的意義乃是「我查不出來你有罪」。

可是，其人到底有罪沒有罪？也許沒有，也許有。人一旦成為刑事被告，名聲往往很受打擊，就是因為許多人寧信其有。莎劇臺詞有一句名言，「你能進衙門，不能進廟門。」這句話好像在說法庭並不是真正能夠證明無罪的地方。

是的，司法機關可能把有罪的人斷為無罪，但是它也可能把無罪的人斷為有罪。在中國，前者稱為「失出」，後者稱為「失入」。失出固然可怕，失入豈不更令人絕望？「毋枉毋縱」最理想，但百分之百準確顯然不可能，天平究竟偏向哪一邊？我們的先賢在深思熟慮之後毅然說：「罪疑惟輕，功疑惟重，與其殺不辜，寧失不經。」也就是寧縱毋枉、寧失出不失入。這思想與現代進步國家的法律精神不謀而合。

最近，美國發生足球明星辛普森「殺妻」疑案，在經過冗長的審判之後，被告無罪開釋，輿情譁然，我倒能夠接受這個判決。法律重事實，建立事實靠證據、不靠推論。所謂證據又指直接的、積極的證據，不是指某種情況。「殺妻」是一等一的重罪，被告面臨生死關頭，採證當然要嚴謹，既然檢察官提出的證據有其可疑之處，則「罪疑惟輕」也是對的。

有人說，辛普森能判無罪，還不是因為他有錢？有錢才請得起那麼高明的律師，若是換了窮人，別想得到這個結果。我想，辛普森打這場官司不論花了多少錢，這些錢都未用於行賄，而是用於聘請律師辯護，由律師發揚法律「保護被告」的精神。辛普森無罪是由於法律中的某些條款，那些條款當初制訂的時候，根本不知有辛普森其人。訟案的結局不是枉法得來，而是行法得來。這讓我們一些曾經由「治亂世、用重典」、「寧可錯殺、不可錯放」口號旁邊經過的人，有說不出的感動。

又有人說，辛普森是黑人，黑人支持他，如果判他有罪，將會引發黑人暴動。我想，倘若根據「可疑」的證據判為有罪，黑人一定暴動。倘若檢察官真的找到了凶刀，凶刀上有完整的指紋，血跡化驗又未經過污染，黑人能硬說疑兇無罪嗎？我認為黑人所爭有其底線，他們絕沒有打算立下「規矩」——黑人即使真殺了人也不受法律制裁。由於他們的壓力，法庭對辛普森案絕對顧到了被告的權益。一個少數，一個弱勢族群，能發生這麼大的作用，使我們感慨萬千！

我知道，很多人對「保護被告」有很大的意見。法律保護暴徒，誰來保護被害人？依我的看法，當某人以手槍抵住你的太陽穴時，法律當然是保護你的，例如說你如開槍打死他，法律承認你有自衛的權利。或者，警察適時趕到，當然要逮捕他。但是，一旦他被逮捕，法律就開始保護他，防止誣告，防止構陷，防止誇大罪行，防止非法凌虐。「刑當其罪」也是一種保護，防止輕罪重判。要知道法官沒有天眼通、天耳通，罪案發生時他也不在罪場，他不能「天生地」和受害人站在同一立場，他要做他該做的事情。

「寧枉毋縱」和「寧縱毋枉」都有流弊，只好兩害取其輕。假使這裡有一個人遇害，警察當然要搜捕兇手，倘若存心「寧枉」就容易抓錯人。法院量刑抵罪，倘若存心「毋縱」，就容易殺錯人。如果抓錯了人也殺錯了人，草草結案，那就冤死了兩個人，一個為兇手所殺，一個為法律所殺，而真兇逍遙法外。

如果「寧縱」呢，那將出現另一種狀況：首先是態度不會那麼草率，輕易不逮捕，輕易不定罪，也許最後無法破案。沒有破案就不能結案，司法機關就要繼續調查，將來有朝一日還可以逮捕真兇歸案。最近報上就有一條新聞，二十九年前的一樁命案現在偵破了，二十九年來，這個懸案一直有人負責。

我知道，凡是正直的人、善良的人，都希望法律能嚴厲一些、司法效率能更高一些、程序上能簡化一些。一個正直善良的人認為他自己永遠不會犯罪、永遠不需要為被告為嫌疑犯處處設想的法律。法律面對芸芸眾生，根本不知道誰犯了罪，根本分不清誰是好人誰是壞人，法律必須對我們一視同仁，如果寬大，我們都受益；如果嚴酷，我們都受害。史達林當政時，公安部門對下級發出命令，限期逮捕一個罪犯，命令中附有三張照片，一張從正面拍攝，兩張從側面拍攝。幾天以後，下級報告說，「三個」罪犯都逮到，

而且都承認了自己的罪行。想想看，這樣的司法固然絕不保護壞人，可是，
它怎能保護好人？

# 人類的行為有軌跡可循？

小時候聽到的故事是不會忘記的。據說呂后、蕭何謀誅韓信，在未央宮中將韓信生擒。韓信說，他興漢有功，高祖許他「三不死」：其一，見天不死；其二，見刀不死；其三，見人不死。雖然有這三大豁免，韓信還是不能苟活。呂后的理由是：所謂見天不死，未央宮不見天日。所謂見刀不死，可以用劈開的竹片割斷韓信的喉管。所謂見人不死，呂后說：「我是女人，女人不是人。」於是呂后親手行刑。

「女人不是人！」編這個故事的人是認可還是在反抗呢？是安撫還是在諷刺呢？我們由這句話能夠想見的是：從前女人受了多少委屈啊！

小時候認識的字是不會忘記的。奴，姦，妄，妖，都帶女字旁。國語字典女部有十七個字代表壞人壞事，罪惡都由女子承擔。除了這十七個字以外，文字學家還找出一些對女子不利的字：「如」，是口中發出命令，女子服從。「姦」，是三女相聚，一定有壞主意。「威」，是女子看見兵器，心中恐懼。

這究竟是造字者的本意，還是解字者的附會呢？造字者究竟是做客觀的呈現、還是做主觀的規範呢。我們由這些字能夠想見的是：從前女人受了多大的歧視啊。

如所周知，每一個社會都曾經或者正在犧牲一部分人。美國曾經犧牲黑人，「舊中國」曾經長期犧牲女人。如所周知，每一種被社會犧牲的人，遲早從社會取得報償。對女人，我們的社會正在如此做，而且要繼續如此做。人類的行為有軌跡可循。

為女子爭權益，最早的出頭鳥乃是男人。在男權支配一切的年代，男人才有發言權、有影響力。但是現在，女子已經擺出堂堂之陣、扯出正正之旗。女子有了陣地，能攻能守，男人是否幫腔，無關緊要。女子有了自己的道統、自己的聖賢，男人中值得一提的，多半剩下些老封建、老沙豬。如此這般，事出有因，人類的行為有軌跡可循。

在這方面，女子的敏感顯出男子的遲鈍。有一次，我謹慎地接待一位女作家，稱她為某某「先生」，她當場抗議，她說，男子在成人以後自然成為「先生」，女子卻要有了相當的年齡、相當的成就才被人尊為「先生」，這是對女人的歧視和貶抑。她主張，女子男子分別有代表自己的符號，女人就是「女士」，不必借「先生」的光。但是，另一方面，也有女作家質問為什麼要為女人另外造一個「她」字，為什麼男人可以是「他」，女人就不能是「他」。這又主張男人女人共用一個符號，分別心即是歧視心。

我在看芭蕾舞的時候想到，芭蕾充斥「大男人主義」。男舞者總是強一些、主動一些，女舞者舞蹈的動作總是艱難繁複一些、曲意討好的成分大一些。由此聯想到許多事，文化創作中到處留下男權的影子，何止芭蕾舞！何止字典中幾個帶女字旁的字。怎麼改正？怎麼翻新訂作？大開大闔難，找個小孔出氣容易，這才向「先生」向「她」吹毛求疵。人總是「向抵抗力最弱的地方走」，人的行為有軌跡可循。

從這裡也可以看出中國的女權運動「同志仍須努力」。我想，凡是「文明開通」的人都該支持女權，理由不必多說，只要想想我們的母親、我們的祖母過的是什麼生活。今人談女權，「義正詞嚴」固然令我們唯唯諾諾，偶爾「矯枉過正」、「無理取鬧」也沒離開人類行為的軌跡。面對「口徑一致」固然銳不可當，見「莫衷一是」也要鞠躬而退。運動如水，只要有個缺口往外流，就要拚命洶湧，外面終會汪洋，水終會從外面反過來包圍一切障礙。

人類的行為有軌跡可循。

# 人心不古？

人，大概越來越聰明。依今人看，像木馬屠城那樣的詭計怎麼行得通，古人怎麼那麼容易上當。

西洋有「木馬屠城記」，咱們中國有「金牛亡國記」。當年秦欲伐蜀，而蜀道艱險，大軍難行，秦就謊稱要送一些能夠屙金的牛給蜀國做禮物。蜀國上下信以為真，以五丁的神力開山築路，迎接金牛，結果引進來的是秦國的大軍。蜀人怎麼那樣笨？

「人心不古」，這話可能是真的。當然，「古」這個字有幾種解釋。若論人的本性，貪嗔痴古今相同。若論心機智巧，現代人當然比古代人複雜，今人不會被一具木馬騙過。用今人的眼光看，像「木馬」這樣的詭計也幼稚可笑。

人越來越聰明，因為人類能累積經驗。

想當年項羽兵敗垓下，率一支騎兵突圍，途中向農夫問路，農夫說「左」，項羽「左，遂陷大澤中」。

後來統兵行軍的人聰明了，像石達開，他脫離天京，率軍入川，用當地土司做嚮導。押著土司一同走，等到大軍迷路，就把嚮導殺了。

到了民國，革命軍北伐，他們問路不止問一個人，把張三李四王五的說法互相核對，並且先派便衣人員探路，這種作法比石達開又周密多了。

不用說，現代的軍用地圖既詳細又精確，平時早已測繪妥當，一旦有事，於帷幄之中見千里。嚮導？還真怕問路洩密呢。即使問路，也是聲東擊西，故意誤導敵人。

「人心不古」，如果指的是這番演變，倒也不必反對。

現在紐約僑社的京劇團要演《趙氏孤兒》。這個故事只能演京戲，不能演時裝話劇。如果把這個故事放在現代時空裡，那就顯得太牽強，漏洞百出。京戲裡面的人物是古人，古人原就「頭腦簡單」（一笑），何況京戲是「有聲皆歌、無動不舞」。在歌舞劇裡，故事情節並非欣賞的重心。

我們不妨設想，如果屠岸賈是現代的獨裁者或黑社會教父，他根據公孫杵臼的密報，捉到冒牌的趙氏孤兒，斷不會立刻把孩子摔死。他比古代的屠岸賈聰明，他一定要查明孤兒的真偽。同時，他要更加緊對孤兒的搜捕工作，以防敵人用假目標鬆懈他的注意力。

還有，那個挺身告密的公孫杵臼，現代屠岸賈斷不容他「退身江湖、不知所終」，一定要用組織、待遇捆住他，長期查核他的歷史背景、生活習慣、社會關係、經濟來源，他哪有機會祕密撫養孤兒？

這樣一對照，古人今人之間的差距就顯出來了。這差別似乎不在道德境界。古代的屠岸賈和現代的屠岸賈半斤八兩，都壞。現代屠岸賈吸收前人的經驗比較多，在技術上集大成，看來像是特別壞些。至於古人，年代越古，人的知識經驗越少，我們對他的了解也越少，我們就會覺得他的境界高些。

「人心不古」這句話，大概就是這樣形成的吧？

# 也談曠世奇女子

一九九七年八月三十日，英國王妃戴安娜在巴黎因車禍身亡。九月五日，德蕾莎修女因心臟病在加爾各答逝世。這兩條引人注目的喪訊，同在一週之內發出，老天好像要故意引發世人的思考，使世人對這兩位「曠世奇女子」做一比較。

戴安娜的確是一奇女子，奇在「朝為越溪女，暮做吳宮妃」。奇在緋聞不斷、醜聞不斷，而聲望亦成正比例上升。奇在這位未來的皇后自己上電視公布與騎師通姦，奇在被迫退出皇室以後仍與各國元首政要往返頻繁，更奇在錦衣玉食之餘偶然為善，即受到全世界媒體近乎感激的稱讚。

德蕾莎修女顯然也是奇女子，奇在她忽然辭去校長職務學習醫護，此後六十九年為「貧苦的人中間最貧苦的人」服務，她自己也過著窮苦的生活，把每一分錢（包括她自己得到的諾貝爾獎獎金）都用來照顧孤苦無依的垂死者、從垃圾箱裡撿來的棄嬰、痲瘋病人。有三千多人在她懷裡去世。

奇之又奇的是，這兩位女士在身後被世人相提並論。「兩位曠世奇女子」就出自美國前總統柯林頓之口。其實論新聞通訊的「量」，戴妃超過德蕾莎修女十倍，論溢美之詞，也是「戴妃獨得八斗多」。通訊稱戴妃為「人民的王妃」，竟不加上「英國」，顯然是有意膨脹她；通訊稱德蕾莎修女為「貧民窟的聖者」，未免又有矮化之嫌。德蕾莎所做的，難道只對那些身受其惠的貧民有意義？她的德行只可用於貧民窟中？

當然，新聞通訊是人民大眾的神經系統，新聞記者「春江水暖鴨先知」。於今世道不變，我們如果做民意測驗，請世人二者擇一，可以發現有無數的人願意自己是戴安娜，不願意自己是德蕾莎。大家對戴安娜的關懷、詠嘆、悼惜，自然超過德蕾莎。從前張翰說「使我有身後名，不如即時一杯酒」，這正是世人在兩位奇女子之間的選擇。何況德蕾莎也未必流芳萬世，而戴安娜的豐富多彩又絕不止美酒盈樽。新聞通訊充分滿足了這一選擇。

戴妃、德蕾莎修女皆非「常人」所能做到，但德蕾莎修女尤難。學戴安娜，畫鳳不成尚類雞者也；學德蕾莎，雕龍不成反為蛇頭。古人要我們希聖希賢，原是教我們學德蕾莎。倘若不能學、不願學、不能以之為師，退一步可以拿她做代理人，捐錢支持她，有些事我們做不到，由她替我們做。臺灣的證嚴法師正是這樣的社會角色。再退一步，還有一個態度，即是欣賞她，承認人性可以到達這樣的高度，一如我們看運動比賽的世界紀錄，發現人類的體能可以發揮到這般程度。能打破世界紀錄的只有一個人，然而這一個人仍然是「人」，我們從他身上發現「人」的最大可能，或無窮的可能。於是我們對同類生出歡喜心。我們的這一念，可以由德蕾莎激發出來，不能由戴安娜激發出來。

但是，畢竟，這是伴著檀香氣味而升起的念頭，於今已經全不流行。「人人對美德一鞠躬，然後走開」，自古如此，於今似乎連鞠躬也省了。詩人程步奎先生說，美國人遇見自己做不到的事，用「我不是德蕾莎」來拒絕，可見希聖希賢的心是沒有了，至於欣賞，我的朋友告訴我，他愛看戴安娜，不愛看德蕾莎，因為戴妃令人悅目順心、德蕾莎修女令人嚴肅沉重。另一個朋友說，天生一個德蕾莎，好像是要顯出你我是多麼醜陋，這種安排他不喜歡。不得了，我一共才有幾個朋友？異議人士占了這麼高的比例！看來

「兩個曠世奇女子」的「提法」，還不知到底是誰沾了誰的光。把諾貝爾和平獎金給了德蕾莎，簡直是在舉世滔滔中打造方舟了。

我在一九九〇年出版的《兩岸書聲》中提到「神聖事物」之世俗化，現在勢須補充，凡俗之可能神聖化。和德蕾莎相比，戴妃應該屬於俗世，單看「臨終」一場的布景和道具吧，美酒佳餚，豪華酒店，特別訂製的座車，身旁男友是埃及富豪之子，外加司機和保鏢。至於「和愛滋病人握手」之類，德蕾莎修女是全職，戴妃是客串；德蕾莎修女是信仰，戴妃是餘興；德蕾莎修女是愛上帝，戴妃是對抗皇室。就這麼比畫幾下，立刻與德蕾莎修女並列為「兩個曠世奇女子」，而聲勢過之。這還能算紅顏薄命？戴妃人中太短、精光外溢，照面相看活不到德雷莎的年紀。她只是短命，不是薄命。

世俗和神聖的界限模糊。軍火商捐出一億美金來，立刻有些神聖的意味，窮寡婦捐出兩枚小錢，教堂也照收不誤，這一授一受之間，神職人員也顯得凡俗。世俗可以創造神聖，神聖能不能創造凡俗？戴安娜足跨聖凡兩界，贏家通吃，魚熊兼得，是「破格完人」，德蕾莎如果去唱一次卡拉ＯＫ，保管魚熊兩空。年頭的確是不同了。

# 駱駝祥子後事

老舍《駱駝祥子》，寫祥子見太太病危，半夜敲開了醫生的大門，醫生見窮苦的祥子不能預付診費，又把大門緊緊地關上。就在這一夜，祥子的太太死亡。

這段情節的立意很明顯，醫生唯利是圖、見死不救，封建社會中的窮人活不下去。但問題實在並非這樣簡單。

一九五〇年代臺灣某大醫院規定病人住院必須先繳一筆保證金，否則拒收，一再發生病人躺在急診處的走廊上輾轉哀號，以及突然死亡的事情。我去拜訪該院的醫生，問他為什麼不能先救人再說，他說出其中原委。

以前某大醫院並未嚴格執行「先繳費、後住院」的規定。不幸有許多病人出院以後不再清理欠款，這些人固然有羅掘俱窮的赤貧，但是得命思財、節流為上的小康人家也許更多。於是某大醫院在研究如何減少虧損的時候斷然說，我們醫院不是救濟院，嚴格規定要憑保證金收據辦理入院手續，如果醫生對手續不全的病人加以治療，所有的費用由該醫生負責賠償。

被訪問者告訴我，現代醫療設備昂貴，動一動儀器、睡一睡病床都得大把銀子，不像中醫只開一張藥方就可以施醫。而且醫生的經驗與一般人不同，一般人極難遇見一個奄奄待斃的人，一旦遇見了，同情心、責任感都膨脹到最高點，奮不顧身救人第一，醫生在醫院裡每天都要面對好幾個乃至幾十個病人，他所做的決定當然不同，否則他早已破產或失業了。

很顯然，《駱駝祥子》只寫出事實的一面。那中醫深知「善門難開」，也許他在拒絕祥子以前，外面已積欠了他成百成千的診費；也許他在答應祥子以後，祥子所欠的診費就成了一筆死帳，即使他籌措得出來。人性都有弱點。至於說，身為醫生應該效法史懷哲或白求恩，不但放棄金錢報酬，還要有更多的奉獻，那又對一名郊區中醫要求過高，對祥子一夥寬容已甚，有欠公平。

那麼，祥子的醫藥費到底怎麼辦？這個問題在現代化國家已經解決，在祥子的時代，病人醫生都束手無策，只有互相憎恨。我們當然同情祥子，但並非必然要憎恨醫生，醫生也有邀人同情之處，二者既似圍棋的「雙活」、又似邏輯上的「兩難」。作品到此始能增進人與人之間的了解：使祥子了解醫生，醫生了解祥子，局外人了解他們二者。

筆者舞文弄墨、雕蟲畫虎，如果有人溢美舉善，也可以指出某些成績，倘若審查從嚴，可以發現我（們）多從一利害、一是非、一角度、一重心、以及一時得失建構一元的人生。大陸彼岸的前輩同儕在這方面更是寧過之無不及。當年泰戈爾訪華，中國學生向他遊行示威，標語口號林林總總，新聞記者問泰戈爾有何感想，泰戈爾很幽默地說一句，「他們決心誤會我。」當代不知有多少作品實由「決心誤會」形成。

希望文學作品能增進人與人之間的了解，並非主張以文學為工具；恰恰相反，工具化了的作品並無多大影響力。依我（們）的願望，作者設身處地，全知全能如神，同體大悲如佛，有情而無私如天地，通過形式美，其作品既豐富又集中、既永恆又普及，作品始有我（們）想像的效果，莫之至而至，無為而為。也唯有在這樣的境界中，作家鐵肩、辣手、放膽、正心，始有產生偉大作品的可能，俱往矣，我（們）已在畏首畏尾中盡失時機，只有期望「江山代有才人」。

回顧前塵往事，我了解一個社會必須對外保持警戒，那該由別的方面去做，文學另有不朽之業。我承認如我所馨香禱祝的，文學沒有殺傷力——上好的文學都不殺生，壞的文學想殺也殺不了。所以我祝禱所有掌權行令的人，看清文學不足為害，別再怕它忌它了。

# 仇滋味

《禮記》有一段話，大意說，如果你走在路上遇見殺父的仇人，你要立刻同他拚命，不要等到回家拿了兵器再來。為什麼呢，老師的解釋是，如果你回去取武器，仇人可能逃走，錯過復仇的機會。還有，你見了仇人，想到兵器，表示你計較得失成敗，沒有必死的決心。

我當時嚇了一跳。《禮記》是儒家的經典，原來儒家也有這樣強烈的報復思想。見了仇人，不管打得過打不過，立即撲上去，要是被仇人殺死了呢？沒關係，你有兒子，兒子失敗了還有孫子，仇恨可以遺傳下去。《春秋》說：「為國復仇，雖百世可也。」

難道「仇人」沒有兒子嗎？料想也有，於是雙方結為「世仇」。如此局面已經不堪想像，更嚴重的是，「大丈夫難免妻不賢、子不肖」，父親是武夫，兒子可能是病夫；祖父是殺手，孫子可能是繡手。以「不肖」子孫擔當復仇的責任，甚至以之充當別人復仇的對象，豈不淒慘！

對日抗戰期間，有一個游擊隊領袖被另一個游擊隊領袖殺死了，死者的妻子矢志復仇，她自己僅有縛雞之力，於是把重責大任寄託在十歲的兒子身上。每天早晨，兒子上學之前，她在早餐桌上對兒子諄諄告誡：你父親是怎麼死的，你的仇人是誰，你將來一定要怎樣怎樣才對得起父親。兒子放學回家，晚餐桌上，做母親的又對兒子再叮嚀一遍。如此這般，幾年以後，有一天，這個兒子突然瘋了！

古人雖然講究自力報復，但是在我們的生活經驗中，自力報復的行為仍然很少。「八月十五殺韃子」畢竟是傳說，中國人做不到。中國人做不到的事，別的民族做得到嗎？

不過問題還潛伏在那裡。人要先學習恨、培養恨，有了恨的能力和哲學，才可以恨這恨那。等到你恨的目標消失了，「恨」並不隨著消失，「恨」仍存留在你的行為衝動裡。時至今日，我們還是不敢批判恨、否定報復。「恨」表現了我們的生命力。根據憂患意識，這能力遲早用得著，有備無患嘛！撫今憶昔，我們中國人浸潤於「報復」的宣傳與教育之中，時間已經太久了，你未必接受，也無法完全拒絕。國人的氣質、人生觀、價值標準似乎因此多了些「東西」。這「東西」既然不能發為行動，就得有個器皿安全存放，像存放核子廢料那樣，勿使外洩，任其衰竭。這「器皿」，我認為是宗教，高級宗教，否則，政治上為了一時需要而過分膨脹加重的那點子「東西」，勢將折磨我們終生，並殃及我們的子孫。

做人是「扶得東來西又倒」。儒家標榜中庸，又說「中庸不可能也」。我這篇小文章確乎是由「東倒」變成了「西歪」，這也沒有法子，東倒西歪都是為了站著。

# 也談寬恕

您說，不寬恕，大概要陷自己於無法得救的境地，但以做了糟糕事情的人的懺悔為前提才願意寬恕，則是將自己得救與否的權力讓渡給他人。說得好！我完全贊同。

大原則是如此，論接受的程度，人心不齊。有人要在事後才寬恕，通常退休以後是他和命運的和解期。當年馬上馬下與人爭長爭短的時候，「記仇」可以鼓舞戰鬥意志、激揚生命潛力、擔當艱難任務。到了老年，那些好像都是不必要的了！小說家言，武松晚年隱居，有一天說出這樣的話來，「如果是現在，景陽崗的那雙大蟲，我就不打死牠了。」

有人認為強者、勝利者才有資格「寬恕」，例如日本軍隊侵入中國，引發八年抗戰，給中國造成很大的損失，這損失究竟有多大？單是人員傷亡一項，四〇年代國民政府調查的報告是，軍人三百二十二萬七千九百二十六人，平民九百一十三萬四千五百六十九人。那時中國沒有數字管理，這一份調查報告是個粗枝大葉，美國政府，聯合國，還有個別的歷史學家，各有自己的估算，總之，那是中國人的一場浩劫！最後中國贏了，可以「愛仇敵」，倘若輸了，你還有這個臉？

有人說，寬恕還有記恨，那是受害人自己的事，任何人無權代為設定，好比有人欠我一筆借款，只有我可以說他不必歸還。抗戰勝利，中國政府匆匆聲明以德報怨，許多中國人覺得侵犯他的權力、傷害了他的感情。受害的程度不同，受害人的性格、修養、價值標準、生活環境有差別，對於是否寬恕、何時寬恕、用什麼方式寬恕、寬恕到何種程度，並不一致。通常我們談寬恕，並未顧到因人而異。

有些受害人說：我可以寬恕，但是「他」得先懺悔。如果他不懺悔呢？受害人如果有作為，處處以報仇雪恨為標的，扭曲了生涯規畫，情感和事業都將付出重大代價。受害人如果不能有作為，仇恨內在鬱結、生瘤生癌，由三高演變為三長兩短。中國的傳統世家往往把報復的責任付與子女，在年輕一代的心靈上散布毒霾，那更是一件非常糟糕的事情！這種人自己將成為子女寬恕的對象！

以上種種都是人情之常，人情是一團亂麻。有人說，費盡心力梳理亂麻也是徒勞無功，我這裡有一個制高點，你不如鑽出麻團站上來看看，這個制高點是宗教。宗教說，你可以立即寬恕，不必最後，宗教預告了最後、演示了最後，最後是一切撒手，與其最後無可奈何被迫去做，何如洞燭機先主動去做？早做早得益，早做早輕鬆。

一個有宗教信仰的人，他不是弱者、不是輸家，他是神的兒女，他是如來家業的繼承人，他高出那個需要寬恕的人。末日審判，他在臺上，那人在臺下；苦海無邊，他在岸上，那人在水中，宗教給了他一個資格，也給了他一個職責，他有了這個資格，就應該立即履行職責。所以，有些宗教界人士說，寬恕是一種榮耀。

您提到「逆境菩薩」，是的。宗教還準備了另外的說法去勸化另一種性格的人。世人都有罪，我也有罪，種種迫害都是上帝鍛鍊我、造就我，使我由罪人升格成為義人，寬恕那加害於我的人，乃是順從上帝的旨意，這是要上帝負責。世人都造業，我也在前生今世造了業，種種迫害都是我的業報，有了迫害，我就有消業還債的機會，我當然不記恨加害於我的那個人。這是要受害人自己負責。

說到這裡，自然有了結論。惡行發生，惡人負責，他將面臨地獄的永死或六道輪迴的永遠不死，受害人可以寬恕他，甚至同情他。惡行發生，上帝負責，惡人不過是上天的工具，受害人必須寬恕他，甚至尊重他。惡行發生，受害人自己負責，受害人在未接受這個教義之前，心中當然有記恨，想報復，一旦接受了這個教義，當然就寬恕了，甚或要感謝那個加害者了。大哉宗教！它是為了寬恕而存在的，教徒是為了寬恕而生的，這是宗教的特點，無可取代。

究竟先懺悔還是先寬恕呢？宗教強調懺悔，因為懺悔可以得寬恕，宗教也強調寬恕，因為寬恕可以引起懺悔。寬恕，懺悔，互為先後，循環相生。有人認為只有寬恕、沒有懺悔，問題並沒有解決。其實寬恕是問題的主觀解決、懺悔是問題的客觀解決。如果你對人性抱著善良願望，你會常常期待主觀的解決可以導致客觀的解決。

世上有「得到寬恕，仍不懺悔」的人，我們仍然要標舉寬恕，也有「縱然懺悔，仍不寬恕」的事，我們仍然要嘉勉懺悔。就人情來說，懺悔比寬恕重要；就事理來說，寬恕比懺悔重要。為什麼？因為寬恕和懺悔是一條長鏈上的兩個環節，這條長鏈叫因果，因果無窮無盡，煩惱災難也無窮無盡，我們的恩怨糾纏在這個長鏈上承先啟後。寬恕，長鏈從你我這裡切斷了，你承受了上游的痛苦，擔當了，不再傳到下游。好比賽球，球在你手中扣住了，爭奪衝撞就結束了，球場就安靜了。這是人生的高境界，對社會的大貢獻。沒有宗教的幫助，很難安心做到。

# 難題

人人都知道一九四六到一九四九那幾年中國大陸發生了什麼事。那時我剛剛成年，顛沛流離，北胡南越何止千里，雖未受辱胯下，確曾乞食漂母。一九八一年後，中國大陸逐步開放，我寫信尋找當年幫助我的人，費時兩年，寫信一百多封，驚動七省二十九縣市的僑辦，終於一一查出下落。

四十年來，大陸「天翻地覆」於前、「史無前例」於後，人的生活狀況和居住地址變化很大，「舊人」大都存活，與我所想像者不同。但本文要說的是另一件事。那些「舊人」，忽然接到天外傳書償還四十年前的人情債，驚訝有之，高興則似乎並不。有人還不免表示多此一舉，徒增困擾。

抗戰後期，我們流亡學生很得一位老師照應，「天翻地覆」以後，這位老師劫數難逃，判了刑，坐了牢，下鄉勞動，妻離子散，都是應有之義。等我千辛萬苦得到他一張照片，他老人家七十多歲了，雖然不常理髮刮臉，但在鬚髮掩遮不到處，可見他是健康而樂觀的、是心平氣和順天安命的，這是他老人家數十年動心忍性修煉出來的道行，被我這無知妄作的人一下子給他破壞了！以後我每年寄錢去，他每年寄照片來，儘管衣履一新，背景也繁花似錦，他老人家當初那坦然的笑容、堅定的眼神卻無影無蹤，代之以「往事只堪哀」的淒苦。我的罪過真難解難贖！

這位老師寫給我的信，總是「明明白白一張，簡簡單單幾行」，但我猜得出他老人家吃也吃不下、睡也睡不好，他必須重新締造內心的平衡，這件事比種田伐樹要困難得多，在他老人家有生之年是否能完成他第二度的心理建設，不無疑問。我這算扮演了一個什麼角色？先賢只知教人報恩，何嘗計及如許曲折，他們制訂的那些樣板故事，也都太簡單明白了吧！事到如今，奈何奈何！

我聽說佛家戒人種因，有因必有果，種善因未必得善果。報恩是「果」，同時是「因」。難道不可報恩嗎？不可說，即使是佛也不能這麼說，有兩個偉大的文學故事想說一說，但閃爍含混，甚有難言之隱。這兩個故事是《紅樓夢》和《白蛇傳》。

據說，林黛玉本是一棵草，幸得神瑛侍者汲水灌溉。後來神瑛侍者做了賈寶玉，這棵草就化身林黛玉前來報恩，結果使寶玉大受情感折磨，直接間接促成寶玉的棄家出走。

據說，許仙救過一條蛇，蛇化身白素貞來和許仙戀愛，以報答他的救命之恩。結果許仙死去活來，不能過正常的家庭生活，而且鬧出水漫金山那樣的大災害，不知淹死多少老百姓。

說《紅樓夢》和《白蛇傳》的思想骨架受佛家影響，大概沒錯吧？這兩個故事能夠化入真實的人生，真實的人生能夠「代入」這兩個故事，所以，佛家講神道固然勝過儒，講人道也未必有遜色。如此看來，「報恩人少負恩多」也有其光明面，那些為天下不義丈夫所辜負的人，也就化盡胸中塊壘了吧。

# 勸人看報

報紙是連夜編印出來的，夜間工作比白天工作更辛苦。每天早晨，我打開報紙，就好像看見一群人，臉色灰暗，嘴唇乾燥，正從報館大門絡繹而出。那是我少壯時期在編輯部見到的景象，刻骨銘心。

現在，報館的工作環境和員工福利都比當年好上加好，我仍然覺得編報是一件令人感動的事情。我們酣睡，那些人在工作，分秒必爭。早上醒來，我們走出混沌和蒙昧，不知道世界已變成什麼樣子，不知道今天的世界和昨天的世界斷裂了沒有，而「那些人」，已經為我們準備好了答案。詩人侯吉諒有一首〈醒來〉，第一段正是描述這般心情：

每次醒來都要仔細回想
昨夜睡前又有什麼消息

從對岸傳來，沉澱在心裡
以致讓我如此不安，以致
每次醒來都要先側耳傾聽
外面那個世界，是不是還在

益者三友，直諒多聞。三者之中，多聞實在難得。

我想，世上可能再沒有一種交易像買報紙，你花那麼少的錢，可以買到那麼多「東西」。推銷百科全書的人說，你只要花七分錢就可以得到一條知識。但是，如果你看報，也許花一分錢就能得七條知識。

為了做我們「多聞」的益友，報館集結了各方面的人才。我壯年時期打工的那家報館，現在的員工總額是兩千人。有一天，我到報攤上去取報的時候忽然縮手，我想這不可能，我怎能只花幾角錢讓兩千人為我工作，這簡直是一個神蹟。

如所周知，報紙有立場，「一人一把號，各吹各的調」。這也無妨，總比「千人千把號，都吹一個調」要好。而且，對懂得如何享受報紙的人來說，報紙不是「一人一把號」，報紙是你一張提琴、他一架鋼琴，也有簫有笛、有鈸有鼓。你若只看一份報，就是聽獨奏；你若同時看多份報，就是聽合唱、聽交響。

在我看來，每一份報紙是一個樂曲的分譜，在他們之上，有個總譜。別問我總譜在哪裡，我們看遍分譜，自有所悟。也別問我作曲是誰，何人指揮，每個比喻都有限度，到此為止。

# 預支快樂

流行性感冒嚴重，專家勸人少出門，尤其是耆老，盡量莫去公共場所。可是出門一看，依然是「站在街頭，滿街滾滾人頭」。公車客滿。茶座客滿。圖書館客滿。有人，看來無所事事，才到人群中插班插隊，為什麼不待在家裡？因為他還沒有感冒。

一個沒感冒的人，如果他不必上班，在這「關鍵時刻」權當自己感冒了，克制外出的欲望，躲在家裡，那有多好。可是沒幾個人辦得到，人多半願意預支快樂，不願預支痛苦。

一個酒徒得了心臟病，醫生規定他每天只能喝一杯酒。有人見他坐在酒館裡痛飲，上前問他：「醫生規定你每天只能喝一杯酒，你忘了嗎？」他舉起酒杯說：「我沒有忘記，我現在喝二〇〇五年七月十四日的那一杯。」他在預支快樂。

由於快樂可以預支，商場才出現了分期付款辦法。人，如果接受戒菸像接受分期付款那樣容易，就好了。吸菸會在日後造成許多痛苦，戒菸是你以現在受苦，免除將來的痛苦，非常划算，可是世上沒有多少人願意這樣做。所以戒菸很難。

范仲淹說：「先天下之憂而憂，後天下之樂而樂。」他要預支痛苦。他的話很響亮，但是實行的人少。這裡這樣，那裡那樣，感冒倒是小事了。

# 紅塵相看

人說看破紅塵，陳楚年說「被紅塵看破」。

「看破紅塵」是老生常談，「被紅塵看破」就是自鑄新詞了。人生在此一直為紅塵察看而不自覺，猝然說穿，有驚豔之感。

想吾人呱呱墜地即被紅塵盯牢，「頭角峥嶸」、「啼聲洪亮」等等成語，即是確鑿明顯的證據。然後進入社會，老板「用人之智去其詐、用人之勇去其怒、用人之仁去其貪」。然後……紅塵一直看你看到末日。

談到「末日」，想起婚禮喪禮的場面，戚族世寅各路關係濟濟一堂，大部分人目光炯炯、面無表情。他們來幹什麼？他們是紅塵，來看你，看你的氣色、時運、排場，看某公有沒有親自到場、禮簿上收了多少錢。孟子評論葬禮，有「弔者大悅」之語，四個字洩露了祕密，人家死了人，你高興個什麼勁兒？這並非有新仇舊怨，而是通過辦喪事對其人看好，給了一個滿分。

記得當時年紀小，我大概十歲。學校裡演話劇，我在看，訓育主任塞給我一疊銅元。一對襤褸的老年夫婦跪在舞臺口上，訴說日本軍隊怎樣毀了他的家。訓育主任給我的任務是老人說到最激昂處，掏出銅元來撒在舞臺上。

那時年紀小，事過也就忘了。年終，成績單發下來，我的操行特優。依照規定，學生必須以行為表現他的品德，並經學校貼出布告來表揚，才有條件進入「特優」之列，我並沒有，所以，父親覺得奇怪。

父親去拜訪訓育主任，探聽「特優」的來歷，我這才想起舞臺下的那一疊銅元，這才知道訓育主任把銅元交給我的時候，他記下了數目，等演員把散落在舞臺上的銅元撿起來，他在後臺清點了數目。銅元一個也沒少，我全慷慨地「施捨」了。他很滿意。

多年後回想這件事，才知道人生在世一直被測試、被估量、被猜防，從出生之日人家聽你的啼聲就開始，直到弔者大悅或為弔者所不屑。

孔夫子，有時也是一片紅塵而已，他說「後生可畏，焉知來者之不如今也」，他盯上你了。「四十五十而無聞焉，斯亦不足畏也已矣。」他把你看「破」了。每讀孔子這段話，我常想起「黔驢技窮」的故事。貴州的老虎沒見過驢，起初看不透，以為是什麼神怪，經過一番搜索試探，乃大喜曰：「技止此矣！」結果，老虎把驢子吃了。

其實「四十五十而無聞焉」也沒什麼，只是人還得繼續活下去。我的一位老上司曾用「風馬牛」三字造句，形容「人在紅塵」的三階段。

第一階段：

風華正茂　馬到成功　牛刀小試

第二階段：

鋒頭出足　馬屁拍足　牛皮吹足

第三階段：

風燭殘年　馬齒徒增　牛衣對泣

到這第三階段，自然已被紅塵看破。大概也就在這般時候，人也就看破了紅塵。中國有敬老的傳統，但也有「壽則多辱」的名言。多辱者何，紅塵向你澆冷水、劃界限也。有人為了趨吉避凶，提前看破紅塵，以為得計，不幸並非上策，你搶先看破他，他也立刻跟上來看破你。因此人生在世，總要對紅塵「破而不看」，對人喊著「相公厚我」，拖一天算一天，虛應故事，虛張聲勢，把「大限」盡量延後。

所以人生在世，壓力沉重，所以道家說「勞生樂死」、佛家說「苦海無邊」、耶穌說「凡勞苦擔重擔的人都可以到我這裡來，我必使你們得享安息」。可是時至今日，教堂寺院也已非安息之所，你進去以後更累。所以酒館、戲院無可取代。連邱吉爾都說「酒店關門時，我就走」，蓋店已打烊，只好離開，可以想見一番踽踽涼涼。

中國人常說安身立命。什麼是安身立命？我看就是與紅塵相安，我不破你，你也破不了我。不過以上云云是我的聯想，並非朋友的原意。

# 贈人以言

我小時候喜歡蒐集格言諺語，有一天檢查成果，發現西方人說的話占了一大半。我喜歡林肯、培根、愛默森、莎士比亞，甚於朱熹、呂坤、曾國藩，同樣的意思，怎麼外國人說出來顯得漂亮些？這是十足的「崇洋媚外」，崇洋媚外那時是大罪，我自己擱在心裡許多年。

我記得，我從前時常放在心裡的句子，是「起床遲者終日疾走」，道出懶惰或短視造成的窘境，十分傳神。「一個今天優於兩個明天」，比「今日應做之事不待明日，今年應做之事不待明年」要簡潔生動。但是簡潔也未必一定是好，「冤冤相報」誠然簡明，若是和下面的話相比，顯有遜色：「所有的槍聲都響兩次。一次你向別人發射，另一次是別人向你發射。」

要選上世紀三〇年代對革命青年影響最深的話，我選「一粒麥子，若不落在地裡死了，仍舊是一粒，若是死了，就結出許多籽粒來」（並不是「求仁得仁」或「我死則國生」）。六〇年代，臺灣人埋頭苦幹，能夠安慰他們、鼓勵他們的，是「人流淚撒種的必歡呼收割」（並不是「先難後獲」）。

依我的品味，下面的句子都比括號裡的句子容易接受：

- 女人是男人的另一顆心，男人知道這顆心什麼時候不跳了。（心心相印）
- 眠則享人生之美夢，覺則見人生之職責。（醉枕美人膝，醒握天下權）
- 住在玻璃屋子裡的人不亂拋石子。（己所不欲，勿施於人）
- 能進衙門未必能進廟門。（暗室虧心，神目如電）

中國聖賢立言，有似黃鐘大呂之音，正大莊嚴，然而也平板單調，往往不講究修辭技巧。他們不是作家，也不屑於做作家。還有，他們對人性看得深、說得淺，「應該如此」和「事實如此」不分，特殊現象和普遍現象不分。「朋友有通財之義」，本是應該如此，你也偶然可以交到輕財仗義的朋友，然而你並非生活在那樣的環境裡，有一天聽見「不要借錢給朋友，那使你既喪失金錢又喪失朋友」，這才有茅塞頓開之感。

有時候，我覺得中國的平民百姓不是靠聖賢嘉言活著，他們的生活指南是民間諺語。「三十年前看父敬子，三十年後看子敬父」、「窮居鬧市無人問，富在深山有遠親」，何等坦率，又何等確切不移！「養子不教不如養驢，養女不教不如養豬」，何等生動，又何等誠懇！民諺有時粗俗不文，如「人不為己，天誅地滅」，多年來一直受道德家指責，其實這句話的意思不過是「天助自助者」而已。

市上有英諺中譯的專書，譯者為梁淑華，他把許多諺語譯成五言的句子，簡潔可愛。我曾經輯成一篇〈梁譯英諺集句〉，用毛筆寫在宣紙上廣贈親友，主張用它代替《朱子治家格言》。現在錄之於下，再做鼓吹：

**其一**

曲杖生曲影　美德出美行　狂犬難永壽
空瓶發巨聲　知足即富有　健康即年輕
古今有恆者　十九皆成功

## 其二

虎皮無廉價　愚人有智言　長河通海易
空囊直立難　知識亦權力　朋友勝芝蘭
真愛生喜樂　歲歲復年年

## 其三

善射常失矢　孤羊易遇狼　無蜂則無蜜
有穀必有糠　火豈能滅火　謊可以生謊
持燭照他人　慎勿自灼傷

## 其四

捷徑常覺遠　緘默永無失　草多竟縛象
滴水敢穿石　果子即種籽　醒時勝醉時
小人雖如鼠　防之當如獅

五言句法多半是「二、三」、「二、一、二」，對仗排比不難。為了網羅佳句，遷就形式，有些句子略有改動，如「善射常失矢」原句是「善射者失其矢」。大部分句子渾然五言、佳偶天成，像「曲杖生曲影」配「美德出美行」，像「虎皮無廉價」配「愚人有智言」，像「無蜂則無蜜」配「有穀必有糠」皆是。

朱柏廬是明末清初的士大夫，他所治的是十六、十七世紀的地主家庭，他的格言難以指導今天的生活。即使是五十年前，《朱子治家格言》風行一時，我也從未見掛在世代書香的縉紳之家。朱氏的人格令人尊敬，但他寫出來的駢體文水準低、觀念也保守冬烘。我希望能有替代的東西。

有心人不妨來思索一下這個問題。

# 閒話六尺巷

六尺巷，一條六尺寬的巷子，由左右兩家的界牆都退讓三尺而成，一家姓張，一家姓吳，都是清朝的高官。為了界牆，兩家本來相爭，終於相讓，由於張家高官寫給子弟們一首詩，「一紙書來只為牆，讓他三尺又何妨？長城萬里今猶在，不見當年秦始皇。」

且說這首詩，幸虧有這麼一首詩，詩有歌謠風味，通俗輕快，詩中的哲學思想，恰恰呼應人民大眾的情感，或者說符合人民大眾的信仰，人人琅琅上口，對詩中人物充滿好感，對詩的「本事」十分好奇。這件事在傳播過程中詩先到、事後至，那件事好像是這首詩的註腳。沒有這首詩，單靠左右兩家官位顯赫，這條小巷不會這麼出名，至少不會比李冰修建的水利工程還出名。「有詩為證」，中國是個迷信詩歌的國家，於此又多一例。

且說這道牆，張家子弟接到京中回信，立刻把界牆退後三尺，這三尺應是市尺，市尺比英尺稍稍短一些。這條巷子是多長呢，查資料換算，五百四十英尺，長寬相乘，面積約三千五百五十平方英尺，這塊地不算小。隔壁吳家一看對方禮讓，也把界牆退後三尺，也放棄了三千五百五十平方英尺的土地。張家讓步，受家訓的壓力；吳家讓步，是受張家謙退的壓力，等於間接受到張家家訓的壓力。張家的家訓怎會對吳家產生作用？因為他們兩家的文化背景相同。張家這一步固然可風可傳，吳家這一步也可圈可點。

且說這兩戶人家。先讓步的張家，大家長名叫張英，康熙時代官拜大學士，不僅如此，張英的兒子張廷玉，康雍乾三世都是立朝的高官，這樣有權有勢的家族，做出這樣彬彬有禮的舉動，人人都願意做義務傳播員。對方吳家膽敢和張府抗衡，當然也是高官，但是名諱職銜未見記載，想是地方史官認為吳家理屈，替他遮掩幾分，這叫「為賢者諱」，可是執筆記事的人還是留下這「吳」字供後世索隱。從前有個什麼人說過，一個史官，如果不能忠實地記錄真相，天不容他；如果忠實地記錄真相，人不容他。這個記錄六尺巷來歷的地方史官，算是在兩難之間為自己留出一條小巷來，他的難處我們深能體會。

這條巷子的故事，我在識字不多的時候，就從半文半圖的兒童雜誌上看過了。文章開頭，那位作者先引用這首詩，第一句開頭是「千里書來只為牆」，我覺得很有力度。作者說，這條巷子叫硯瓦巷，正確的名稱是嚴華巷，巷子兩邊的大戶人家一個姓嚴、一個姓華。他還說這條巷子在北京，既在北京，何以又說千里書來？那位作者沒想過，我也沒想過。現在知道正確的名稱是六尺巷，地點在安徽桐城，第一句詩開頭四個字是「一紙書來」，有輕蔑之意，滋味不同。杭州有個硯瓦巷或嚴華巷，跟那首詩沒有關係。

六尺巷的故事有沒有另一種結局？我曾設想，如果換一個舞臺、換一班角色，當A家主動把界牆退後三尺，地方人士可能議論紛紛，認為A家主人失勢了，鬥不過吳家了，他不會得到多少讚歎，有學問的人會指著那首詩，「不見當年秦始皇」，不祥的預兆，家運可能從此衰敗。如果A家退後三尺，隔壁B家大概要充滿勝利的喜悅，說不定把界牆向前推進三尺，占領張家放棄的土地。在六尺巷的時代，地界並沒有精密的測量，通常在線上栽幾棵樹或者豎起一塊石牌，年代久了，樹朝著日曬的方向長得很粗，土質鬆軟流動，石牌也不會死釘在最初的位置，這樣，地界的中心線就有了彈性，最後多半是「弱者多予，強者多取」定案。

這樣的事如果在紐約發生？劇情完全不同。住宅施工之前，早已用儀器把地界測量出來，在地上拉一條線，管你張府吳府。你想越過這條線，工程師堅決拒絕。如果鄰居發覺你越界施工，可以向房屋局舉發，房屋局一個電話，管你張府吳府，你得馬上停工等待檢查。即使是房子蓋成了，你侵犯了鄰居的產權，鄰居告到法院，管你張府吳府，你也得謀取和解、付出賠償，如果對方堅決拒絕和解，你恐怕要拆房子，工程師恐怕要吊銷執照。

如果，僅僅是如果，你發現對方越界反而讓他三尺，他一定不會也退後三尺，他也不會跟進三尺，這三尺土地仍然是你的，這裡只有三尺巷，沒有六尺巷。住宅旁長巷窄如一線並非佳話，而是治安的死角、環境衛生的死角，巷內如果發生事故，你仍然要負責任。不過，很可能，你那個糟糕的鄰居把一些剩餘的建材堆在那三尺空地上，如果你十年不提異議，依紐約的法律，這三尺土地就是他的了，他就可以堂而皇之把這三尺土地圍在他的界牆之內了。所以，在紐約，三尺巷也不長久。

# 由「互信赤字」說起

小說家賈平凹主辦的《美文》月刊，有一個專欄叫「每月語文」，黃集偉執筆，益智而又有趣。例如他介紹新聞裡出現的「互信赤字」。

先說赤字本來的意思。會計記帳，如遇支出超過收入，差數用紅色墨水顯示不足。本義擴大延長，產生「引申義」，民意赤字、信用赤字、成績單赤字由此而來。作家使用引申義可以產生妙句，「互信赤字」是也，你不能完全相信我，我也不能完全相信你，虛虛實實，彼此互有不足。此一新語在中美貿易談判中出現，更是選對了時間地點和人物對象，料想雙方都暗藏會心一笑。

有人說「互信赤字」有何稀奇，就是「爾虞我詐」嘛。想想也是，再想想也許不是，虞和詐都是欺騙，一口咬死，當面判決，還是「互信赤字」不帶髒字，上得了外交檯面。而且「互信赤字」沒有人稱，「爾虞我詐」有人稱，「爾」「我」口吻極不尊重，用作第三者評論家的語言可也，用作當事人的語言未可。

再看「一旦你把蛋黃和蛋清混在一起，就再也無法把它們分開」，在新聞裡，這話原是針對歐元的危機，認為歐元的結構無法還原。我立刻想起「木已成舟」、「生米做成熟飯」，都表示不能還原，我也說過「葡萄酒不能還原成葡萄」、「不信青春喚不回」……豪言壯語，熱烈鼓掌。

語言之所以耐人咀嚼回味，你得能使形形色色的讀者引起各自的聯想。我想到目前大陸對臺灣的作為，正是在經濟上先把蛋黃和蛋清混在一起。將來怎麼樣，就像那支歌唱的「命運要如何便如何」。

再看「污名化」。這個說法我們沿用已久，讀《美文》專欄，才知道這個提法出自學者崔衛平，在此之前，好像大家都說「醜化」。為什麼大家都自然而然採用他創的新詞？品味一下，醜化是說你真的把對方變醜了，在咱們中文裡面，這個「化」字玩真的，弄虛做假不叫化，塗脂抹粉也不叫化，化字一出，脫胎換骨。「污名化」雖然也有個化，變化的僅是「名」而已，實質上清者自清，對你要維護的形象更有盾牌效用。

老散文家思果有過一篇文章，他說中國大陸上的作家喜歡用「××化」，他搜羅了很多例句，指出欠妥。我的感覺是，「自古至今」使用「××化」有很大的隨意性（××性一詞氾濫，也使思果搖頭），例如「物化」是化為物、「歐化」卻是為歐所化，「神」很難說他化為神，更難說神化了他，如果創制者的用意是拆穿虛偽的宣傳，這個「化」字就用得勉強了。

最後介紹「失望之書」。專欄說，「失望之書」就是「過譽之書」，有些書出版以後受到吹捧，引起讀者的期待，等你看到書，期待落空。《南都周刊》推出專輯，將這些書一一列舉，「失望之書」一詞於焉成立。

這說明中國大陸上的讀者，對某些書的水平還有美好的想像，對某評論家的褒貶還很信任，書評或者廣告還是他們買書時的指引。在外面，這些都是過去式了。如果沒有希望之書，當然沒有失望之書，人生在世的三千煩惱之中，咱們少了一項，就是買書的煩惱。兩岸優劣比較已成為談天說地者的習慣，上述兩種情況，你如何區分甲乙？

# 我們無須後悔

報紙出現驚人標題，「消失中的臺灣人」。急忙細讀，說的是「臺灣創下全球最低的出生率，成為全世界少子化最嚴重的地方，影響消費力、實力，甚至你我的未來」。多少年輕人不肯結婚，或者結婚後不肯生孩子。政府獎勵生育，重金懸賞徵求「使人一看就想生孩子」的標語口號。

遙想五〇年代，人們普遍相信多子多福，加上避孕無術，到了六〇年代，人口增加，「一年增加一個高雄市」（當時高雄市有三十萬人），資源的消耗「一年一個石門水庫」（石門水庫增加的生產效益，一年即被人口的增加抵銷），情勢嚴重，於是蔣夢麟博士「殺了我的頭我也要提倡節育」，區區在下當時也曾如響斯應、敲鑼打鼓，跟那些打著民族主義的招牌主張「增產報國」的老「立委」針鋒相對，惹得暗箭如蝗，遍體鱗傷。如今臺灣發生人口恐慌，那些老前輩們地下有知，也許慶幸自己有先見之明，暗笑我們當年庸人自擾、枉造口業吧！

看起來世事往往反覆顛倒。從前教育專家一直說「男女合班」多麼好，現在論調一變，又說分班好。美國法律不許分班，各州巧立名目，設「單親班」、「受歧視女性數學補強班」。名作家李黎在他的《晴天筆記》中說，七〇年代男嬰割包皮是天經地義，八〇年代在兩可之間，到了九〇年代，外科醫生居然說他從未受過割包皮的手術訓練。有人喟然歎曰：活到七老八十，才知道原來什麼事都不必做！

倒也不能這麼說。六〇年代，臺灣如果沒有那樣的人口政策，老前輩的在天之靈勢將看見九〇年代臺灣發生空前的「十年災害」，人口數目也會年年下降，死因卻是飢餓瘟疫，新生人力在苦役和鎮壓暴動中消耗，而非如老前輩所想像的用於反攻大陸的戰鬥。以用藥做比喻，有些藥大寒，有些藥大熱；有些藥稀釋血液，有些藥使血液容易凝固；有些藥清腸，有些藥止瀉；有些藥使人清醒，有些藥使人睡眠，醫生對症下藥。臺灣後來躍登亞洲四小龍之一，世人目為經濟奇蹟，出現富足安樂的社會，六〇年代的計畫生育是一味對症的藥。

今天要換另一味藥，如果我仍在臺北，也會逢人相告：「二十歲，女子好；三十歲，銀子好；四十歲，房子好；五十六十才知道孩子好，可是遲了！」我會反覆說：「孩子的笑聲是家庭的喜氣，孩子的哭聲是家庭的朝氣。沒有子女是人生最大的孤獨。」不結婚，不生孩子，真是經濟問題嗎？若談收入、談生活水準，五〇年代那才捉襟見肘呢！六〇年代家庭計畫工作人員四處勸導，舌敝唇焦啊！「少子化」的現象反而出現在比較富裕的年代。我也許下一劑猛藥，「不生子女，你很爽，你的敵人也很爽！」索性來個當頭棒喝，「自己斬草除根，你到底跟誰嘔氣？」

世事總是向相反的方向發展，每個人的貢獻都是階段性的，但並不因此喪失價值。以文學史為例，古典一反為浪漫，浪漫一反為寫實，但古典主義、浪漫主義時代的文學成就依然俱在。前輩的付出，使我們渡到「彼岸」，而非到達終點，終點在無數「彼岸」之外，我們一個一個要渡。每一條船，每一個舟子，都是我們感激紀念的對象。我們常聽見「既有今日，何必當初」，咳，若無當初，難有今日啊！

有學問的人稱此為「鐘擺現象」。鐘擺看似徒勞循環，實際上它推動了分針時針，鐘擺現象是一種向前發展的現象，也許「唯物」的用詞更漂亮，他們說「螺旋形向上」，一圈一圈升高，並非重疊。幾十年來世事變化劇烈，昨是今非，令人惘然。我勸列公一抖擻，「莫更思量更莫哀」！

# 詮釋一文錢

商業大樓門外的廣場裡，豎起一座大型的雕塑，一望而知那是兩枚制錢，一枚直豎，一枚平放。制錢別名「孔方兄」，中間的這個孔洞很重要，不但錢可以用繩子穿起來成吊成串，造型也增加變化格外美觀。今天制錢已經沒有貨幣的效用，仍有觀賞的價值，在設計師手中仍有貨幣的身分，銀圓鈔票不能代替。

這裡是繁榮的商業區，寸土勝過寸金，開明資本家建造大樓的時候，地基後退幾米，讓出一片空間供市民休息，又靠近路邊增設藝術品，提供景觀。每天有很多人從這條路上走過，週末更是熙熙攘攘，制錢的方孔正好像畫框一樣圍出他的身影。我隨機拍下一張照片，現成的標題：錢眼裡看人。

我想，這可能是攝影家遺漏了的題材，你可能從這個錢孔裡看見鳳冠霞帔的中國新娘、穿和服的日本女子、穿黃色袈裟的和尚、「好風滿帆」一樣的孕婦、「掛在枴杖上的一件舊衣服」似的老人，等等，一一兼收並蓄，總名之曰「錢眼裡看都市」。當然，你得有那麼好的運氣，攝影雜誌裡那些一鳴驚人的傑作大半由好運帶來。

奉送大眾一件雕塑，為什麼在千萬種造型中選擇了兩枚龐然大錢呢？有人認為這是財大氣粗自然流露。有人說，商業大樓要出租，租戶要盈利，總得想辦法暗示他們這裡風水好、有財氣，生意人從錢孔裡看大樓，不覺傾心。

也有人說，這件雕塑不僅對租戶，也對所有的顧客和路人做出啟示。瞧！別輕看一文錢，該賺，一文也要賺；該省，一文也要省。一文錢也是錢，而且是大錢，萬貫家財只是一文錢的累積。新聞報導說，某銀行有一個職員，他設計了一個程序，每一筆顧客存款，小數點後面第二位數，也就是「分」，英文叫做penny的那個玩意兒，都自動轉入他設的一個帳戶。penny不值錢，掉在地上沒人撿，存戶都不知道自己的損失。可是有一天銀行發覺了，這時，那個作弊的職員已經弄到幾十萬元了。

詮釋，也許還包括：捐款行善的時候，一文錢也是大錢。

這座商業大樓的底層是廉價的大眾食堂，凡是看重一文錢的人都來排隊，餐廳很大，座客常滿。我想不出還有什麼地方，花這麼少的錢就可以很舒服地坐下來小食，而且空間寬敞、窗明几淨、夏涼冬暖。這正是「人民資本家」的體現，消費額雖低，消費者很多，萬眾一心合力支持第一流的進餐環境。

雕塑造型要在商言商，不能雅，雅了就不親切。既然是藝術品，也不能俗，精神上的高度，要配得上現代化的建築那種物質上的高度。比方說，給商業公司寫對聯，當然不能是「錦江春色來天地，玉壘浮沉變古今」，太雅了。也不能寫「生意興隆通四海，財源茂盛達三江」，太俗了。兩者之間，也許可以用「五湖寄跡陶公業，四海交遊晏子風」。這位雕塑高手在雅俗之間拿捏分寸，也許正是「五湖寄跡陶公業」的火候吧。

中國制錢外圓內方，據說表示和氣生財，但是道德有底線。也有人說，圓，爭財不爭氣，累積財富不擇手段；方，賺錢是信仰、是憲法，事萬變，人萬變，最高原則寸步不讓。這些都是「詮釋」，事件是「一」，詮釋可以成百成千。

文章是對人生世事的詮釋，寫得好，被人家再詮釋。劇本也是對人生世事的詮釋，演出又是導演對劇本的詮釋，作曲也是對宇宙人生的詮釋，演奏又是對樂曲的詮釋。人生的豐富是文學藝術的詮釋（再詮釋）造成的，寫作是發表自己的詮釋，所以忌陳腔濫調、人云亦云。

# 憑什麼要捐出我的腎臟？

一個人去世後捐出他的某一個器官，由醫生動手術移植，可以挽救另一個絕症的病人，這就是全世界都在倡議的器官捐贈運動。

最近，各地「器官捐贈組織」發起好幾波宣傳活動，希望有更多人填表參與，挽救那些排隊等候的病人，據報導，一位捐贈者的器官如果都很健全，將有八位患者受益，也就是說，一個人死後能使八個人「再生」。

據說華人社會的反應平淡，論者以為華人重視「全屍」，觀念難以改變。不過換個角度看，現在多少華人躺在手術檯上，切胃、切肺、割腎、割膽、割盲腸、割前列腺，為了治療癌症，割乳、割子宮，因車禍截肢，因糖尿病切趾，有人考慮「全屍」的問題嗎？從前華人不肯捐血，血是生命，豈可點滴予人？現在一聲捐血，都來排隊了。捐血和捐出器官，中間只隔一大步。

論者又說，華人社會推動捐贈器官難以落實，因為中國自來沒有這樣的觀念，此言有理。不過宣傳家為了造勢，你也可以硬說古已有之，中國有「夸父逐日」的故事，夸父跟太陽賽跑，中途渴死累死，他的眼睛變成日月，他的骨骼變成山岳，他的毛髮變成森林，他的血管變成河流，他是中國（恐怕也是世界上）第一個捐出器官的人。

儒家認為「愛」有差別、有等級，華人可以為自己的親人捐出一個腎來，如今不能選擇對象，任憑那不認識的人、不相干的人，甚至不喜歡的人、有嫌隙的人取去，他為什麼要照樣做？這才是華人捐贈器官主要的障礙。破除障礙要有宗教情操，給他一個「照樣做」的理由，如博愛、如愛仇敵、如冤親平等。

提倡器官捐贈的有力人士應該有宗教家。如果宗教界名人奇士齊集一堂，舉行儀式，一致簽下捐贈器官的申請表，不但對捐贈器官運動造成高潮，也為宗教樹立高大的形象，增加引人皈依的吸引力。今日如果使徒或菩薩在世，他們已經沒有機會上十字架或割肉飼虎，他們若要感召眾人，也只有在捐贈器官這一類社會公益中踴躍向前了。

有一個傳道人當眾表示，依目前的紀錄，接受器官移植的人最多再活十八年，十八年後仍然要死，如果不信主得救，死後仍然要下地獄，那麼捐出器官延長他人在世的時間又有何意義呢。這話真是令我大吃一驚，旁人將怎樣理解他的信仰？但願這是他一人走火入魔，並不是傳道人共同的神學思想。

# 輯四 樂群

一本書有一本書的貢獻，一本書有一本書的影響，我們是泰山的土壤、江海的細流。我們相信，有無數無量的平凡，然後才有一個稀世難逢的偉大。

# 送別

夏立言

剛剛送別丙戌年、迎來丁亥年，又要送別相處了六年的夏大使，準備迎接沒見過面的廖大使，一夜連雙歲，五更分二年，今天的心情是大年夜的心情。

鐵打的老百姓，流水的大使。作家朋友們依依不捨的，是紐約第一位關懷推動華文文學的大使，數臺北派出的歷任大使，他是參加作家社團的集會的第一人，他是參加作家新書發表會的第一人，他也是支持當地華文文學活動的第一人。當然他還做了很多大事，擴展中華民國的國際空間，提高國家的能見度，增進僑社和諧，降低意識形態的衝突，他的儀表、風度、口才、操守、文化修養，在外邦人眼中樹立中國人的典型。

紐約地靈人傑，咱們有緣見過一任一任的大使、見過一國一國的大使。

有大使，有小使，有些小使其實是大使，有些大使其實是小使。人物之大小，不在衙門幾丈幾尺，也不在他的官印幾寸幾分，也不在身材高大，也不在國土廣大。大使心胸大、氣概大、境界大。同樣幾個字，「小處不可隨便」是大境界，「不可隨處小便」是小境界；「大江流日夜」是大詩人，「日夜大江流」是小詩人；清水變雞湯是大廚師，雞湯變清水是小廚子。

大使如坐，小使如走。
大使如首，小使如手。
大使如茶，小使如酒。
大使如松，小使如柳。
大使如吟，小使如吼。
大使如大鈔，小使如零錢。
大使如電腦，小使如電玩。
大使如地圖，小使如畫片。
大使如法典，小使如法官。

我們的夏立言大使，每一吋都是大使，每一分鐘都是大使。他是流水的大使、鐵打的大使。他集大成、當大任、成大功、立大業、大展鴻圖、大器早成、大氣磅礴、大放異采。他是不折不扣的大使、表裡如一的大使、天造地設的大使、千錘百鍊的大使。他到那裡都是大使，明天會更好，他要做更大的大使。

大使啊！勸君更進一杯酒，手心手背都是手。

勸君更進一杯酒，新朋友舊朋友都是朋友。

勸君更進一杯酒，康莊大道啊你放心走，放心走……

## 章文樑

今天，僑社的領袖、精英以盛大的場面宴請章文樑大使伉儷，章大使高升了，要離開美國了，今天的宴會是熱情慶賀，也是依依惜別。

天下人來來往往，從你我眼前經過，一種人留下東西再走，一種人拿了東西再走。那留下的，他走了等於沒走，那拿走的，他沒走等於走了。能留下東西，社會把他看得很重，只拿走東西，社會把他看得很輕，你看有些人很有錢，但是不受尊敬，因為他忘了留下。這是我們的文化。

僑務官員他是為了「留下」而來的，不是為了「拿走」而來的，對章文樑先生來說，這是先天的優勢。他以大使銜到紐約來做經濟文化辦事處的處長，果然勝任愉快、不辱使命。他留下很多東西，例如他留下做事的技巧，巧婦難為無米之炊，巧婦能把很少的米做成滋味很好的稀飯。他留下和諧，看他如何跟形形色色的各種人和和氣氣的相處。他留下風範，原來人可以既溫和又堅定、既謙虛又自尊。他留下懷念，我們內心都還有些空白，正需要值得懷念的人來填補。他在任期間紐約也發生了一些軼事掌故，留給將來的白頭宮女說天寶舊事。

章文樑先生除了是經濟文化辦事處的處長，他還有一個職務，在聯合國辦外交。中華民國在聯合國沒有席位，辦事不容易，他仍然有很多成績，他是巧婦。他在社區做了些什麼，我們看得見；他在聯合國做了些什麼，我們看不見，聯合國看得見，外交部看得見。有人說弱國無外交，不然，弱國才需要外交，事在人為，所以弱國出外交家，強國有外交，沒有外交家；強國不需要外交家，他需要傳令兵。我們左顧右盼，人比人，瞞不了人。現在章文樑先生調回外交部，正是借重他的外交經驗，發揮他的外交長才。

說到外交，外交官的夫人非常重要，比方說參加正式的外交宴會，外交使節不能自己一個人出席，當年胡適之先生做駐美大使，他的夫人裹小腳，不方便，他帶著女祕書一同出場。當年世界各國的那些外交家、那些政治領袖，先是他們的太太喜歡蔣夫人、喜歡宋美齡女士，後是他們喜歡中華民國。章大使夫人在僑社，他率領女界精英，把社區的婦女團結起來，參加很多活動，也辦理很多活動，包括慈善活動、文藝活動，撐起半邊天，在紐約外交界，她也是受歡迎的、是起作用的，一直給大使加分、給中華民國加分。

章文樑先生這次調升是內調，調回外交部。國民政府裡頭有句話，「內調要矮，外調要高」，身材短小精悍的人容易接近權力中心，據說因為老總統蔣公個子矮，站在他旁邊的文官也要個子矮才好看，武官當然魁梧高大，所以蔣公跟那些將軍合照的時候，他總是坐在椅子上。拿破崙的個子也不高，他畫像的時候騎在馬上。現在章文樑先生個子高，能內調，因為他高得很優雅、很從容，有親和力，沒有壓力。

章大使，章處長，章先生，僑社的人對他有三種稱呼，每一種稱呼代表一種因緣。因緣無常，說走就走，鐵打的大使館，流水的外交官。今宵離別後，何日君再來？後會有期，他會回來，紐約僑社還要為他準備下一回宴會，那個宴會場面更大，就沒有今天這麼親切了，也沒這麼方便了。還是珍重今宵吧，大家多為大使和夫人乾杯。

**高振群**

有人說，別跟外交官做朋友，外交官以四海為家，注定了要離散，「朋」字的意思是並肩，「友」字的意思是連手，距離是友誼的致命傷，朋友的背影總是沒那麼好看。平時總嫌自己朋友太少，到了離別的時候你才覺得朋友太多。

換一個角度看呢，現代人要多跟外交官做朋友，別怕他三年一調、五年一換，離別了的朋友仍然是朋友。如果你一直跟外交官做朋友，若干年後你在世界各地都有朋友，你會覺得天寬地闊，這兒那兒有幾個朋友讓你想著念著也不壞。

這話從何說起？臺北駐紐約經濟文化辦事處剛剛有一次大調動，這個那個都去了天涯海角，他們都是紐約客的好朋友。什麼是外交？外交就是跟人家做朋友，他們都是具備「六可」，包括可敬、可靠、可愛、可溝通、可會心、可回憶，外交人才在先天的稟賦上有這種潛在的條件、在後天的訓練上發展這些條件，因此人人樂意跟他們做朋友。雖然他們在紐約作客的時間比「紐約客」還要短，但是他們跟紐約結下廣泛的善緣，社區華人同氣連枝，去思能不依依？

去思依依，且說他們上一任處長高振群先生，以大使銜領隊，高郎誠高哉！打開報紙看新聞照片，第一眼自然落在他身上，他好像是群山羅列的一座主峰。也許是因為外形高人一等吧，反而顯出態度謙和，跟他一同照相的人都說沒有有壓力。他語言簡約、聲音低沉，但是容易讓人接受，據說這是優秀領導人的一個條件。身材這麼高而能使人覺得「六可」，有點希罕。咳，民國的大使，必須「可人」，才可以不辱君命。我們不願看到霸氣十足的大使、天威難測的大使、小人得志的大使，叨天之幸，我們一直沒有那樣的大使。

且說大使固然有大用，可是也往往大才小用，成為裝飾性的來賓。咱們華人愛熱鬧，多少事必定懸燈結綵、敲鑼打鼓。咱們華人愛面子，家家都希望大使來坐首席，增光添喜。咱們華人山頭多，誰也不能代表誰，誰也不能輸給誰，大使以宰相度量調和鼎鼐，不能使任何一方受到挫折。於是每逢週末歲首、吉日良辰，大使惶惶奔波矣，座車馬達不熄火矣，晚上趕四處盛宴而終於枵腹回府煮生力麵矣。最後一句要解釋一下：一位熟悉內情的人士說，像大使這樣的人，週末八方趕場，入席之前要寒暄，入席之後要致詞，致詞之後敬酒者絡繹，好不容易抽身離座握別出門去趕下場，他根本沒吃幾口菜，吃遍所有的名菜從來不知道什麼滋味。

「弱國無外交」？可是往往產生優秀的外交官，中華民國的外交官有三十年的個人修養、百年的政治理想、千年的文化傳統。大海航行，他駕一葉扁舟，臺北政壇噓氣成風浪，扁舟搖呀搖、飄呀飄，送維他命，送預防針，送止痛藥，送消痰化氣散，使這些愛中華民國、愛中國文化的人活得更舒服一些。強國往往有外交而無外交官。咳，說來話長，我不辯論。

高大使在照相的時候顯出他的高、在處理政務的時候顯出他的高、在打高爾夫球的時候顯出他的高。他赴任而來的時候，比別人先從地平線上出現；他離任而去的時候，比別人後從地平線上消失，也是因為他高。據說外交人才「內調要矮，外調要高」，外交官的身裁也是一種氣勢、一種國家形象，高大使是越調越高，也越調越遠了！

## 呂元榮

光陰越來越快，我們的呂元榮主任到紐約來上任，好像是幾天以前的事情，忽然《世界日報》登出頭條新聞，他任期滿了，要調走了。

呂主任領導的文教中心是「中華民國駐紐約經濟文化辦事處」的一個配屬單位，經濟文化辦事處簡稱經文處，「經濟」在前，「文化」在後，經濟掛帥。可是我們常常說錯了，我們說「文經處」，文化在前，經濟在後。對我們這些人來說，辦事處的這個組那個組離我們很遠，只有文化組離我們近，辦事處的這個中心那個中心都好像跟我們沒有多大關係，只有文教中心跟我們有直接的密切的關係。一提起經文處，我們就想起文教中心，我們在日常談話的時候，文教中心、文教中心提到的次數很多，經文處、經文處提到的次數很少，對我們而言，文教中心是經文處的前臺、是經文處的招牌、是經文處的化身和分身。

文教中心一直在幫作家的忙，我說過，文教中心的那個大廳，就是華文文學的堡壘，文教中心的官員就是守護神；文教中心也是華文文學的搖籃，文教中心的官員就是保母。文教中心的每一位工作人員誰來了、誰走了，對我們都是一件大事情，讓我們患得患失。

呂元榮主任在這裡服務，留給我們深刻的回憶。他很謙虛、很熱心，這是歷任文教中心的主任共同的優點，呂主任他有特別的天賦，你看他的肩膀、他的背，寬肩厚背，很有擔當。他的眼睛大，又黑又亮，裡面充滿了好心善意。他說話的聲音，音量充沛，音質厚重，音色有磁性，聽他三句話就覺得他可靠、有公信力、有親和力。可是他要走了，他是天生的外交官，回去還有大用，這樣的人你是留不住的。我們只有想念他，有幾個人可以想念也很好。

文教中心工作很繁重，編制上有兩位副主任做襄理做輔助，華文作家藝術家也常常有事情去麻煩兩位林副主任，呂主任也常常把我們的要求交給兩位林副主任，兩位副主任又是主任的分身。兩位副主任都很低調，避免顯山露水，可是我們都感受到他們的存在，今天在這裡感謝呂主任，也一併謝謝他們。

**張景南**

今天這場盛會很特別，呂先生來紐約做文教中心的主任，要高升，要調走。張先生曾經做過紐約文教服務中心的主任，他調走了，又調回來了。僑社的婦女慈善會擺下盛宴，兩位主任同席，既是迎新送舊，又是送新迎舊，好像昨天的太陽和明天的太陽今天一齊出來了，好像除夕的鞭炮和元旦的鞭炮同時響了，好像到了十二月底，年終獎金和明年一月的薪水同時領了，這個感覺很好。

現在中華民國的外交和僑務很注重軟實力，經濟文化都是軟實力。婦慈會是僑社婦女界的一個重要組織，也是僑界的軟實力，兩方面常常合作。借用老子一句話，「上善若水，水利萬物而不爭。」這就是軟實力的作用，文教中心正是這樣一個機構，文教中心主任正是這樣一個人。

張主任、呂主任都是軟實力的英雄，張主任曾經和我們有緣，我們沒有忘記他，他調走了，又調回來了，跟我們的緣分很深，在他這一任，我們可以做很多事情。呂主任在這裡跟我們結緣，緣起不滅，我們也會記得他，在他任內，我們也做了很多事情。現在中華民國真是進步，派出來的官員，我們個個很滿意、個個都難得。我覺得我很難再適應另一種制度，即使是美國的制度，中華民國把我慣壞了。

我記得送別的時候常常唱一支歌，「好花不常開，好月不常在，今宵離別後，何日君再來。」我想起來，咱們中國有閏月，今天我們在這裡迎新送舊也送新迎舊，這個月閏五月。閏五月，你有兩個端午；閏八月，你有兩個中秋；閏九月，你有兩個重陽。閏月是上天給中國人的特別恩賜，表示失去的還可以再得到、錯過的還可以再恢復。今天歌詞要改一改，「好花會再開，好月會常在，三年前離別後，今天你又回來。」張主任，歡迎你回來！呂主任，我們等待你再來！

**王映陽**

今年冬天紐約特別溫暖，到處有熱騰騰的酒席、熱騰騰的人氣，跟我們的王映陽主任惜別。由小紐約到大紐約，由紐約州到新澤西州，三天一小宴，一星期兩大宴，華人精英幾乎總動員了。像今天這個場面、這麼多人，人人都像辦大事一樣來參加，人人都在照相機裡留下難忘的回憶，回憶我們人生的光明面。

王映陽主任的為人就像他的名字，是一顆小太陽，很開朗，很直爽，對人對事有熱情、也有擔當。他來主持華僑文教服務中心，這個中心的場地好像變大了，王主任他活動的半徑也擴大了。

華僑文教中心很重要，對作家藝術家更重要，多少文藝社團在這裡成立，多少作家藝術家在這裡成長，多少文學藝術的成果在這裡展現，多少人對文學藝術的興趣在這裡培養。這一切，王映陽主任在他任內有數不清的貢獻。

因緣無常，太陽不能永遠只照一個地方，照過西半球，要去照東半球了。這是一定要發生的事情，他也習慣了，我們也習慣了，理智習慣，情感不習慣，今天晚上陽關三疊，說不盡的離情別意。一個作家或者藝術家，如果他有一個紐約時代，他的照片一定有王映陽的影子，他的日記、他的剪報一定有王映陽的名字，他的ＣＤ一定有王映陽的聲音，王主任沒有走，他留在許多、許多人的記憶裡。

王主任來紐約以後，我在文教中心有一次演講，那是我最重要的一次演講，由婦聯會主辦、王燕燕女士主持、王映陽主任在場加持。那次來聽講的人很多，文教中心坐滿了、也站滿了，還有很多人晚來一步，在門口張望一下，又回去了。現場反應熱烈，中間沒有人退席。那也是我最成功的一次演講，我知道我以後不可能再有這樣的成功，我已經聲嘶力竭，應該到此為止了，那是我關了門的演講，我的大事，文教中心的小事，但是因此，王映陽這個名字對我有特殊的意義，我和我的家人都永遠不會忘記。

我想，今天在座的每一位來賓，都可以在王映陽這個名字下面，說出重要的故事。如果人人上臺來講，那就是千里搭長棚，這個宴會沒完沒了。各位今天不說，以後有了機會，自然會娓娓道來。今天晚上，我們只是向王主任說珍重再見，大家更進一杯酒，太陽經過東半球，還會到西半球來！

# 西風回聲

九九讀書會的朋友們，把他們的文章集合起來，出了一本《西風回聲》，這麼小小一本書，驚動了各位的大駕。

各位文壇先進，各位文化長官，各位同道同好，各位親朋好友，都提倡中華文化，都護持華文文學，都在英語的環境裡對中文特別寵愛、特別喜悅，在各位眼裡，有人寫一個「一」，和他寫一個「One」，意義有很大的懸殊。我們沾了這個光，得到你們的偏愛，這本散文集，對華文文壇來說也許很小，今天在各位眼裡可能很大。你們都是沒有聲音的老師、看不見的推手。

我們這些朋友，從一九九九年開始，經常聚在一起讀書寫作，並沒有正式的組織。可是茶杯總得有個把手才好拿，為了敘述方便，慢慢的有了這樣一個名稱。十年以來，這個小小的讀書會一度停止，因為我能講給他們聽的東西講完了，他們的文章也都寫得不錯了。後來又有些人來找我，讓我從頭再講一次，於是有人跟前面這一段叫第一期、跟當下這一段叫第二期。

他們各位都是資深的移民，都在美國奮鬥有相當的成就，都在年輕的時候對文學有過愛好、有過夢想，中國文學在他們心裡埋藏了很久很久，他們是冬眠的作家，現在醒了，張開翅膀可以飛了，他們可以走出教室、登上文壇，向中國作家報到，跟中國文學接軌。有幾位文化長官、文壇先進都向我表示，這是他們希望看到的事情，今天舉行的新書發表會上，我們又當面領受他們的祝福。

我們雖然有個名稱，並不是正式的社團；雖然有上課的形式，大家的關係並不是老師學生，我們只是興趣、只是因緣。中文是我們的通行證、金蘭帖，中國文學是我們的同鄉會、俱樂部，華文文學的讀者是我們的兄弟姊妹、街坊鄰居。

我們這些朋友大多數人都對英文下過工夫，有許多人曾經、或者正在美國主流的行業裡工作，他們放下中文、拿起英文，又放下英文、拾起中文，中文英文在他們心裡拉鋸、對決。今天，對他們而言，這是中文的勝利；今天，他們剛從戰場上回來，盔甲還沒卸掉，向各位報告捷音、呈獻戰果。這也是各位文壇先進、各位文化長官、各位同道同好您們的勝利。

今天印刷術發達，出一本書很平常，中國大陸和香港臺灣每年出兩億本書，兩億是多少？是兩萬萬個「一」，我們也參加了一份，一本書有一本書的貢獻，一本書有一本書的影響，我們是泰山的土壤、江海的細流。我們相信，有無數無量的平凡，然後才有一個稀世難逢的偉大。我們做的，都是為了迎接他，準備他來。

有時候為了敘述方便，大家也不得已使用流行的通行的名詞。例如說天下沒有講不完的課程，只有寫不完的文章；沒有不畢業的學生，只有不停止的創作。從今天起，他們第二期也畢業了，這本《西風回聲》就算是他們的畢業論文，華僑著述獎的獎狀就算是他們的畢業證書，今天的新書發表會算是畢業典禮，多麼隆重多麼漂亮的畢業典禮！這些朋友用昨天的別人，改進今天的自己；再用今天的自己，幫助明天的別人。「偉大」出現以前，「平凡」必須接力，他們已經準備好，可以入列了。各位文化長官、文壇先進，在紐約，你如果問哪些人對寫作的方法知道得最多，別忘了他們，以後開寫作班，可以請他們去做講師。請各位繼續關心他們、欣賞他們。

# 客至

花開客來，花謝客去，瓶花生機盡矣，枝頭有餘香，賓主談興亦盡，几椅間有餘音，欲追流光，奮筆速記。

您的精氣神都還不錯。您也有養生之道吧？健康長壽是現在媒體最熱門的話題之一，香菸、雞蛋、肥肉、糖果這些東西的銷量很受影響。萬聖節夜晚，孩子照樣出來討糖，糖果帶回家，倒進垃圾桶裡去了。電影裡已經看不見明星吸菸的鏡頭。數字證明，現代人也確實比從前的人長壽。養生，除了這些人所共知的誡命以外，您還有獨得之祕嗎？

我平素並不很注意自己的身體，年輕的時候當兵，那時軍中沒有「養生」這個觀念。再說我現在談養生好像也還早？通常是百歲的人瑞，接受新聞媒體的採訪，才一問一答，好像也沒什麼新鮮內容。

我在物資匱乏的環境中成長，人家的床是「席夢思」，我的床還是硬木板；人家吃精米白麵，我的食物裡有糠麩。誰料新學說出現，睡硬床、吃粗糧對身體好，連洗澡水也是涼水勝熱水，超級市場賣穀糠麥糠，餐館裡粗麵饅頭比白麵饅頭值錢，一時之間，敗部復活。我的生活有很多地方跟養生之道暗合，真是老天疼憨人。

**好像人人都說，要想身體好，起居作息要有規律，例如說不要熬夜，工作時間不要太長，除了工作時間，還要有運動的時間。我知道很多作家辦不到，也有一些作家能在退休之後做到，因為他自由了。您呢？早已退休了，一天之中，通常在什麼時間寫作？什麼時間運動？**

我在報館工作了二十多年，夜晚上班，我的生活規律早就定型了，這就是「職業造人」，退休以後想改也改不過來，才知道享受自由沒那麼容易。我的前輩們主張在每天早晨寫作，「用最好的時間做最重要的工作」，他們也沒能做到。

我的經驗，寫作最好的時間是你心念忽然萌動，也就是通常所謂靈感來了，哪怕是三更半夜，你馬上爬起來直撲書桌，不要等到睡覺睡足了再說，時機稍縱即逝，以後再也找不回來。這樣，後半夜很容易失眠，如果第二天上午還有個什麼應酬要到場，這就離養生之道遠了。所以作家的健康往往不大好，趕不上書法家和畫家。

我也訂過一個作息時間表，不久我忽然覺悟，所謂作息規律只適合兩種人，一是隱士，一是皇上。沒有人能夠忽然闖進皇帝的書房喇喇不休，也沒有人能夠拉著伯夷叔齊走下首陽山開個會。我們不行，我是在世事衝擊中時時調整身段的人，沒辦法好好的打完一套太極拳。

**您是怎麼樣描述生命，或者生活？**

在我看來，生命和生活幾乎是一體兩面，生命是生活的意義、生活的價值，生活是生命的現象、生命的化身。文學創作寫生活，藉著生活顯現生命、批判生命，也就是明寫生活、暗寫生命。它的成功失敗，在乎他怎樣看生命、怎樣寫生活，並不在乎他寫了什麼樣的生活。這不是彗星一閃就可以照亮的事情，所以做作家要奉獻一生。

什麼緣故使您能對文學奉獻一生？尤其是一再遭逢顛沛造次，外力改變了千萬人的初衷，何以能允許在您的心田裡仍然活著這樣一顆種子？

人生是長途跋涉，變化很多，可是也總會有一樣東西始終陪著他，我是說在精神上始終不離開他。

在我這一生，這樣東西就是文學。對我來說，文學是個綜合體，它包括興趣、工作、思考，包括退讓、追求、對抗。人生也就是這些東西，所以文學和我可以一生一世永不分離。

**您的文學生活漫長，而您善於長話短說。可否請您用極短的篇幅，演示它的開頭、中段和結尾？**

最早是為了一杯水，一碗飯，所謂自古英雄無大志，我把文學當作一門手藝。我亂世為人，肚子裡苦悶太多、脂肪和蛋白質太少，寫文章能把苦悶趕出去、把脂肪蛋白質送進來。人的企圖心都是慢慢增長的，所謂見賢思齊、得隴望蜀。本來是圖暫時的溫飽，沒想到精神上從此不知足了。應該也在意料之中，因為文學是很迷人的。

有些作家，以前曾經是熱門人物，他對文學很熱，讀者對他也很熱。現在文學的生態改變，市場對作家冷淡了，作家也對文學冷淡了，有些作家停筆不寫了，他說文學不值得他耗費心血，有人宣布文學已經死了，良醫怎麼會去醫死馬？您怎麼看待這個現象？

有些老作家放下了筆，也有些年輕人提起筆來，我們歡迎老作家繼續，更歡迎新作家繼起。人生是不停的選擇，政治不能改變的，經濟能改變。對文學已經做出貢獻，斟酌情況，適可而止，也是瀟灑。人人有自尊心，情人分手，男女都說自己把對方甩了，我們都能理解。倒是江淹能用文學的方式，他說他的五彩筆交回去了。

即使書的市場繁榮，寫作的人又能得到多少利益？在一個開放的社會中，我們沒有理由要人人貧賤不移，無論老作家新作家，都不為了那一丁點子現實利益安排他的一生。偶然到此一遊，遲早要奔向下一個日程。一定要有人以寫作為癖好、為使命，非此不樂，欲罷不能，他在這裡安家落戶。古人說，收成不好，農夫仍然要耕田；冬天太冷，漁人仍然要捕魚；沒人看見，蘭花仍然放出香氣。當然，你不能希望每個人都如此，秋天來了，樹葉會落下來，沒什麼，春天來了，樹葉又會長出來，因為樹還在。

由專業寫作改為業餘玩票也很好，無所為而為，偶然一篇，必是佳構，即使從此久無聲息，他仍在人海，相信他還會有下一個偶然。

**作家真的「窮而後工」嗎？這個「窮」，真的是窮途末路嗎？有人說，作家的社會地位高，作品容易受人注意，對文學的發展有利。唐詩宋詞盛極一時，那時王侯將相都能寫作，到了元曲，就和上層社會不相為謀，今天文學的姿態很像元曲。……你有看法沒有？**

俗語說：名高好題詩，官大好辦事。說得文雅一點，學以位顯，藝以位傳，財以位聚，事以位成。現在名媛貴婦學畫成為一時風尚，畫壇的氣象自有一番不同，名流顯宦喜歡結交音樂家，大家覺得音樂好高貴，很多人因此親近音樂。

一般來說，文學作家在現實社會的低層，富貴之家為他築一道防火牆。要說為什麼，我猜當年文學多半左傾，作家是當局猜防的對象，有錢的人怕事。文學的題材多半反映貧賤生活，沒有正面人物代表金錢和權勢，作家也因此從上流社會分化出來。還有一個原因，傳播學者做過研究，讀書確實比看畫、聽音樂辛苦。

當年我在臺北，有一位「官二代」想辦文學出版社，派人找我談談。我那時有幾分憤世嫉俗，跟他講了一個小故事，我說從前有個富貴雙全的人，偶然也學著畫幾筆，有一天他畫了一個扇面，拿給一個讀書人看，這個讀書人立刻就朝他下跪，用哀求的語氣說：「在這世界上一切好東西都是您的了，只剩下這幾筆，您就高抬貴手留給我們吧！」

我那時不懂事，錯了，「有錢的人好辦事」，他辦出版社絕非為了蠅頭微利，我們辦事沒有財務壓力，一旦有米為炊，就可以為文學多多少少盡一點心，那個投資的人即便有文學以外的動機，像附庸風雅之類，總勝似到澳門豪賭，我們應該歡迎他，即使有一丁點兒奉承也無妨。

某一位非常有錢的人說，他現在尋找有人替他花錢，找人花錢比找人賺錢還難，我們應該懂得他的意思，我們中間應該有人覺得慚愧。有錢的人捐了多少金銀給博物館、給交響樂團、給畫家舞蹈家，文學呢，可曾入選？純正的文學作品，也會像中國的京戲、義大利的歌劇，需要財團支持，我們怎樣去得到富人的信任？

**您的生活背景，過往的歷史記憶，對您的作品產生了什麼樣的影響？比方說，您一心一意要為歷史做見證？**

文學作品是通過自己的生活寫出群體的生命，生活經歷當然影響他的作品。我得強調一下，生活經歷影響他的作品，不是決定他的作品。生活經歷是作品的題材，作品除了題材，還有形式美，還有高度和深度。有些作品能通過自己的生活寫出人類的生命，有些作品甚至不能通過生活寫出自己的生命。

為歷史做見證是我寫回憶錄的抱負，這是很低的抱負，我想達到的高度和深度不止如此，但是我究竟做到了多少，要聽別人的批評分析。

**您多次提到宗教信仰對寫作的人有幫助，您認為最大的影響是什麼？**

「最大的影響」，這個提法很好。宗教起源於一國一族，都有種族色彩和地域色彩，有些宗教跨出發源地向普世廣傳，他就得把種族偏見和地域偏見逐漸濾除，使天涯海角各色人等都樂於接受，所以宗教有一個進化的軌跡，我從這個軌跡中得到很大的幫助，使我能提高作品的境界。可以說，我從宗教史得益、多過從教義得益。

**您對文藝獎的看法？**

文藝獎是對文藝這一個門類的尊重、對文藝這一個行業的肯定，在技術上它只能選出幾個人來做代表，它獎勵的是過去、現在、未來所有的文藝作家。

得獎的人應該謙卑，還沒得獎的人應該高興。

**有人說，臺灣的文學獎太多了。你認為呢？**

網絡資料，據詩人向陽調查，臺灣在二〇〇三年有五十種文藝獎，後來又有增加，這個數目使人感覺臺灣很注意獎勵文學。我在臺灣經歷過沒有文學獎的時代，那時候大家希望「有」，後來有了一個文學獎，大家又希望「多」，那時絕沒料到有一天會提出這麼一個問題來：文學獎是不是太多了？

當年我的想法，文學也像體育，有縣級的運動會，有省級的運動會，有全運會，有世運會，各級運動會都有它的金牌銀牌，作家也像運動員一樣拾級而登。文學獎也像辦雜誌一樣，按作品的主題分類設獎，獎守法，獎寬容，獎族群和諧，獎男女平等，佛陀有個菩提的獎，基督有個無花果獎，新詩有個胡適獎，舊體詩有個太白獎，一年一度，各家評審從作品中尋找授獎的對象。那時候臺灣經濟還不發達，不能不想到獎金的來源，我認為文學獎的價值不在獎金多少，在乎誰是評審委員。評審者受尊敬、有公信力，獎狀上有全體評審的簽名，這就抵得上高額的金錢。

在「只有一個文學獎」的年代，大家對這個獎的期望太殷切、對得獎人的檢視也太嚴格，每年發獎以後都有一場爭執，左右社會觀感，得獎人很受挫折，有失設獎的本意，如果經驗有價值，多幾個文學獎也好。至於究竟多少才適宜呢，難下斷語，我覺得臺灣目前還看不出「文學獎太多」的流弊來。

臺灣有那麼多文學獎，「大獎」的獎金很高，據說出現了「得獎專家」，滿足徵文所設的條件，揣摩評審喜歡的風格，把作品製造出來，他今年在這一家得獎、明年在那一家得獎，這個現象恐怕不是你樂意見到的吧？

文學獎可能給作家一個寫作的方向，「為得獎而寫作」應該在計算之中。

今年得這個獎，明年得那個獎，只要作品的精神面貌一致，風格可以變化。

如果，僅僅是如果，「為得獎而寫作」的人像牆頭草一樣，人家要求婦女回廚房去，他得獎；人家鼓勵娜拉走出家庭，他也得獎，你怎樣評論他？

這要看他寫的是什麼體裁，如果寫的是散文，有些不妙，如果寫的是短篇小說，我會睜大了眼睛看他，他能寫各種性格不同的人物，有厚望焉，這就是散文和小說的一大分別。

有些人更希望他的小說改編電影，改編權可以賣很多錢，小說家的知名度更可以大大提高。有人因此照著電影劇本的要求構思他的小說，文友們不以為然。寫小說的人心裡不能有文學獎？不能有電影？那麼小說到底是什麼？

電影是戲劇，要求戲劇效果，它的題材要有「戲劇性」。人生裡面有戲劇性，但是並不像電影戲劇要求的那麼多、那麼按照計畫出現，我們常常聽到他們說「製造戲劇效果」，它有太多的「人為」，小說就比較「自然」。

電影向小說取材，或是借重作家的名氣，爭取他的讀者，或是看中作品的創意，可以借題發揮，至於題材內容，通常填不滿那個叫做「戲劇結構」的模子，編導需要切去贅肉、隆鼻染髮，甚至取它的基因重新造人，這就是「形式決定內容」，小說中原有的微言苦心就不見了。一般而言，小說是「內容決定形式」，多半不適合搬上銀幕。

如果哪一位小說家了解電影、對電影有情，他在取材布局的時候就顧到懸疑、伏線、笑料、高潮、人物動作、背景畫面，他能滿足改編劇本的需要，電影編導當然樂意採用，改編電影以後，這本小說所受的「損害」很小，我們樂觀其成。不過這本小說在電影的製片和導演眼中並不是小說，而是戲劇的「本事」，有些文友對這件事有非議，乃是不滿意這種「低就」。

現代讀者很難擺脫「媒體的眩惑」，一本小說經過電視、電影、翻譯幾度輪迴，就成佛成仙了。我個人的感覺，文學因此多一條路，文學作品因此多一條路。我不反對有人這樣做，當然不主張人人這樣做。

什麼樣的作品才是好作品？有人說，今天的讀者大眾不能分辨作品好壞，作者也就在寫作的時候認為無須求好，文學理論家在評介作品的時候，也不像他的前輩那樣，指出作品的修辭、結構、風格、境界有什麼過人之處。讀者大眾要想分辨作品好壞，他得先有可以依據的標準，這個標準在哪裡？

我的體會是，文學作品有各式各樣的「好」、有標準，但是沒有獨一無二的絕對標準。司空圖的《詩品》指出好詩有二十四個標準，第一個是「雄渾」，他對雄渾的描述是「反虛入渾，積健為雄。具備萬物，橫絕太空」。他的第九個標準是「綺麗」，他的描述是「霧餘水畔，紅杏在林。月明華屋，畫橋碧蔭」。雖然他使用的語言並不精確，我們仍然可以意會，雄渾和綺麗不同，也許相反。在《詩品》當中，還有豪放和含蓄、典雅和疏野，大抵類似。

從前的《詩話》作家，也就是詩詞評論家，曾經討論唐詩七絕以哪一首最好，產生了幾張名單，沒有誰舉出唯一的一首來。有人選出七首，那是有七種好；有人選出十首，那是有十種好，王昌齡的〈出塞〉、王之渙的〈涼州詞〉、李白的〈下江陵〉、王翰的〈涼州詞〉、王維的〈渭城曲〉、李益的〈夜上受降城聞笛〉都入選了。王昌齡的〈出塞〉是這樣寫的，「秦時明月漢時關，萬里長征人未還。但使龍城飛將在，不教胡馬度陰山。」王維的〈渭城曲〉是這樣寫的，「渭城朝雨浥輕塵，客舍青青柳色新。勸君更盡一杯酒，西出陽關無故人。」李白的〈下江陵〉是這樣寫的，「朝辭白帝彩雲間，千里江陵一日還。兩岸猿聲啼不住，輕舟已過萬重山。」這些詩很不一樣，都很好，都最好。說句開玩笑的話，辛稼軒慷慨激昂，李後主忍氣吞聲；《水滸傳》光明磊落，《金瓶梅》卑鄙齷齪；托爾斯泰始終如一，莎士比亞不拘一格；福樓拜中規中矩，喬伊斯亂七八糟。都好！都非常好！

夏志清教授說，唐詩不好，太短了。為他這句話網上吵成一團。大家很驚訝，夏教授是管領風騷的人物，他怎麼說唐詩不好，唐詩的缺點怎麼會是太短了。

夏先生接受訪問，隨口答話，他說話一向很隨便。唐詩不好云云，他的書裡也有，他一向認為中國文學遠遜西洋文學，看書，他的意見原是很周延的，夏氏講話粗枝大葉，難見花果，跟他寫的書判若兩人。中國缺乏長篇史詩，原是許多學者引以為憾的事，跟西洋文學比較，可以看出中國文學的短處。這是五四時代的新潮，至今猶能堅持此說的人很少了。

詩的「長短」，我看見過兩次辯論。有人主張長詩優於短詩，認為藝術的「質」和量有比例上的關係，《戰爭與和平》絕非一個短篇所能齊觀，難道泰山石刻不如一枚圖章？長詩內容豐富，反映多面化或全面化，氣象萬千，形式美可以充分施展，短詩做不到。主張短詩優於長詩的人，認為抒情是詩的靈魂，若要拉長，必須敘事，那樣就散文化了。他們提出一個了口號，「長詩非詩」。

詩長詩短，見仁見智，用不著駭怪。

據《文學江湖》，你寫了二十八年雜文，後來又有一個雜文專欄。你也一定讀過很多雜文。網上有人評點雜文大家，意見很多，例如說魯迅刻薄毒辣、梁實秋機巧圓滑、陳西瀅有高人華人心態。你讀前輩的雜文有什麼獨到的心得嗎？

心得不少，「獨到」很難。梁實秋筆下重情趣，魯迅筆下有血性，所謂機巧圓滑，可能是情趣的貶詞；刻薄毒辣，可能是血性的貶詞。文學作品能否有情趣而不失莊重、有血性而不失忠厚？我們可以共同思考。

我喜歡陳西瀅的風格，他受西方教育，有時用英美知識分子的視角看中國社會，對左翼作家有幾分睥睨視之，所謂高等華人心態由此而來。今天看他的《西瀅閑話》，文字平淡，語氣從容不迫，未必有多大才華，散發英式下午茶的香氣，這也是當時左翼最討厭的資產階級習氣。

他也批評當時的南京政府，但是反對普通平民的抗爭。

他反對的當時左翼主導的抗爭方式。

但是他又提不出另外的抗爭方式，這就和當時的革命陣營產生重大的分歧，他也喪失了讀者的支持。

三〇年代文壇的爭辯乃是一種戰鬥，左翼主攻。既是戰鬥，就不能談君子之爭，左翼鬥志昂揚，戰略目標清楚，戰術犀利奇詭，處處占了上風，梁陳諸公無法抗衡。不過我聽說今天國內的讀者已重新發現了胡適、陳源、梁實秋的優勝之處，真是此一時也、彼一時也。

**國內許多人仍然把他們歸入自由主義一類，一個自由主義的知識分子，只憑自己內心的感覺，忽略了社會的發展、大眾的感受。**

好像不是這個樣子。以臺灣為例，胡適之、蔣廷黻、殷海光、胡秋原、鄭學稼都不符合這個判斷。

自由主義者所以「裡外不是人」，因為當年天下不歸於左、即歸於右，而自由主義者自以為居中，所以「左派拿他當右派打、右派拿他當左派打」（胡適語）。那時的主流思想認為「中立」並不是一種立場，它很軟弱，兩大角力的時候，它的中線隨時可以調整，那時候的人對中立並不尊重。《西瀅閑話》既批評政府、又反對群眾以那樣的方式自救，自己又提不出更好的辦法，正是既不能左、又不能右的一例，到了今天，歷史證明左右俱失，世人對當年自由主義的窘境，也就同情多於責備了吧！

你重讀自己的舊作嗎？林文月女士有一篇文章，她重讀自己的舊作，「有些字句在重讀的時候卻有一些陌生，有些事件和景象也相當模糊曖昧了。」你有這種感覺嗎？

作品發表，好比「無可奈何花落去」，舊作重讀，好比「似曾相識燕歸來」。

據我體會，如果我寫的是抒情文，寫出來的是當時的感受，後來感受忘記了；如果我寫的是記敘文，寫出來的是當時對事件的詮釋，後來詮釋改變了，多年後再讀，就要疑惑「這是我寫的嗎？」。早年的著述，有人稱為「嬰兒時代的鞋子」，從前媽媽親手給孩子做鞋，孩子長大了，看見密針細縷，胸中震動，後來鞋子都從百貨公司嬰兒部買來，「這是我的鞋子嗎？」長大了的孩子也就是這麼說一句罷了。

有些作品，像尼采所說用自己的血寫成，我不輕易重讀，如果重讀，那感受仍然如當初一樣錐心。對於我來說，這並非理想的狀況，我一向主張

「寫別人的事情如寫自己，寫自己的事情如寫別人」。

如果約集一些資深作家，請他們自道重讀舊作的心情（瘂弦重讀《如歌的行板》、司馬中原重讀《莽原》、聶華苓重讀《撒了一地的玻璃球》……），不知會是怎樣的場面？

**最近，你有很多本書在中國大陸出版，恭喜中國大陸出版界終於發現了你，算起來，已是你在臺灣香港出版了四十二本書之後，可以說是長期懷才不遇。你是否覺得很鬱悶？**

我跟大陸的讀者結緣很早，例如二〇〇三年，山東文藝出版社出版了我的《講理》、一本討論作文方法的書，第二年又出版了我一本選集《風雨陰晴》，當時的路英勇社長對我這個山東遊子算是很關心的了。

你相信緣分嗎？作者，出版者，讀者，緣分來了自然會相遇，緣分未到，我可以等。有的書像花，花信風吹過來，它一定得在季節之內開放，賞花的人也一定得趕上花季。有的書像樹，你也許明年才有機會看到它，也許要三年五年之後才看到它，沒關係，它會在那兒。你看中國多少大樹、多少岩石、多少清泉瀑布隱藏在山裡，這些年發展旅遊事業，開發觀光景點，都露出來了。

二〇一三和二〇一四這兩年，中國大陸上出版您的書，可以說相當密集，這個緣分是怎麼開始的呢？它發展的脈絡又是怎樣的呢？

可以說由北京「三聯」擴大展開。小時候我常讀生活書店出版的書，出國後常讀香港三聯發行的書，三聯的形象常在心中，可是我沒想到我的書能由三聯出版。二〇一一年，我先收到北京三聯資深主編饒淑榮女士的信，後收到總編李昕先生的信，具體討論我的回憶錄出版簡體字本，我的感覺是「葉公好龍而真龍入室」。最後以回憶錄為新娘，以作文四書、抒情四書、人生四書為陪嫁，跟三聯簽約，一時之間彷彿兒娶女嫁，向平願了，可以入山修道去了。

你的回憶錄有一大特色，在那個興廢循環、各為其主的時代，你能做冷靜的觀察、中性的敘說，同時並沒有妨礙你一抒興亡之痛，可以說顧全了大

**體和小我。你怎麼辦得到？**

我常說，我是「半邊人」。對日抗戰時期，我曾經在日本軍隊的占領區生活，也曾在抗戰的大後方生活。內戰時期，我參加國軍，看見國民黨的顛峰狀態，也看見共產黨的全面勝利。我做過俘虜、進過解放區。抗戰時期，我受國民黨的戰時教育、受專制思想的洗禮。後來到臺灣，在時代潮流沖刷之下，我又在民主自由的思想裡解構，經過了大寒大熱、大破大立。那些年，中國一再被分成兩半：日本軍一半，抗日軍一半；國民黨一半，共產黨一半；專制思想一半，自由思想一半；傳統一半，西化一半；農業社會一半，商業社會一半。我由這一半到那一半，或者由那一半到這一半。身經種種矛盾衝突，無以兩全。但是我追求完整，只有居高俯瞰、統攝雙方、調和對立，我對時代無私，但是對天地君親師不能忘惰，這就出現了您所說的「特色」。

**你的回憶錄以很多的篇幅敘說你親歷的抗戰和內戰，最後一冊專寫隔海相望、老死不相往來的臺灣。這樣的作品到了國內，總會發生「畫眉深淺」**

的問題，何況你寫得很率真。繁體版換成簡體版，你如何仍然保持特色？

在國內出書，作者使用的語言要適合國內的語境，這樣，國內的讀者才樂意看下去。說個比方，在美國長大的孩子，說話沒大沒小，我們在教孩子說中文的時候，就得處處提醒他長幼有序。孟夫子入境問俗、入國問禁，違禁不能存在，違俗不能流通，這是技術問題。

這件事我完全付託給北京三聯的總編李昕先生，據說他親自拿捏分寸，既通過檢查，又維護原著。我想像他在「筆則筆、削則削」的時候，像一個藝術家。當然，不能忘記，國內的審查尺度是放寬了，但是門內的人願意開門的時候，也得門外有人敲門。我想像，在那時，李總做了第一個（或者第一批）敲門的人。

你的回憶錄，尤其是第三冊寫內戰、第四冊寫臺灣，滿布掌故軼聞，繼承了我國「野史」的傳統，當代人這樣寫回憶錄的也不多。且不論這書的整體價值，單是這些小零碎、小玩意兒，已足以眾口輾轉百年。你怎樣得到這些材料？

你說野史，很有意思。正史從源頭看歷史，野史從末梢看歷史，鄉野看不見運籌帷幄的紀錄，只能借古戰場廢棄的兵器「磨洗認前朝」。在同時代的人中間，我的回憶錄晚出，有那麼多珠玉在前，我仍然得顯示我的「獨家」。有人說，這些回憶錄不過大同小異罷了！沒錯，大家都經歷過抗戰、都經歷過內戰，大環境相同。但文學作品是在大同之下彰顯小異，所見者異，所聞者異，所受所想所行者異，世事橫看成嶺、縱看成峰，仰觀俯瞰又是另一面貌。人生的精采和啟發都藏在這些「小異」裡，這才不會把回憶錄弄成個人的流水帳。

我身在歷史大事的末端，寫回憶錄只宜寫小事，但是小中可以見大，一人的故事中有萬法的因緣。沒受過文學訓練的人大半不能發現這些小異，或者雖然掌握了一些「小材」，不能「大用」，我能，所以我的文學作品得到史家賞識。有些人拿著《關山奪路》問我：你的記性怎麼那樣好？有人拿著《文學江湖》問我：你怎麼比我們多一個心眼？我想祕密就在這裡。

**附記**

以華府為中心的十五位作家遊紐約，傅士玲女士帶領，順道來寒舍小坐，他們的芳名是：

傅士玲　黃彥琳　賈明文　范允強　黃楚玉　杜　明　英惠琦　譚煥英
譚煥芬　潘小薇　張慧玲　金慶松　陳小青　祁立曼　Mr Lievens。

彼此相見，免不了談文論藝，Mr Lievens通曉華文華語，談吐間顯示他對中國的五經和諸子都很熟悉，大家覺得分外親切。傅士玲女士曾把這一次對話的內容寫成訪問記。多日後，這十五位文友中的十位，又由金慶松先生帶領，再度重聚，因緣可貴，金大俠也寫了訪問記。

我把兩次對話應對不甚周全的地方，和傅女士、金大俠不甚留意的細節，掇拾彌縫，再寫成這篇紀錄，酬答他們各位交友的雅意。

# 人間大愛行

「大愛」是佛教的口號，慈濟功德會叫得最響。哈維颱風重創美國南部，紐約的慈濟功德會到休士頓救災，報紙稱為「人間大愛行」。

佛家的大愛，使人聯想基督教〈新約〉所說的「有了愛，又要加上愛，……又要加上愛」。愛本來有圈子，孟子說，我愛我的弟弟，不愛秦國人的弟弟。孟子是魯國人，由魯國到秦國，中間隔著衛國、梁國、鄭國、韓國，除了地理上的隔閡，還有文化上的隔閡，魯國比秦國「先進」。我可以愛我的弟弟、可以愛鄰居的弟弟、可以愛親戚朋友的弟弟、可以愛同學同事的弟弟，然後我就很累了，我的愛就用完了！但是宗教家認為愛是一種能力，可以在學習中不斷增長，就像運動員擲鐵餅越擲越遠。你的愛可以超出家庭、鄰居、朋友、同鄉、同學，甚至國家，打破一個一個小圈子，你可以愛孤兒院的孩子、愛四川汶山大地震的孩子、愛敘利亞難民的孩子。關懷芸芸眾生，這就是大愛。

人間大愛行，五個字，每個字都很重要，最重要的是最後這個字，行！行是行為，也是行動。行為，做出來，六度萬行，信解行證，這是時間延長，念念要這樣做，月月，年年，生生世世。行也是行動，走出去，行萬里路，這是空間擴大，哪裡有災難到那裡去，哪裡有人受苦到那裡去。慈濟的大愛行，常常走在人家前面，甚至做在國家前面。哈維颱風過去，蘇煜升居士帶團隊到休士頓救災，一天發一千兩百個便當，一天發兩千三百個救濟物資，看數字就知道工作很忙，救災如救火。他們還幫受災戶清除滿地的垃圾，他們還替受災戶拆掉浸了水的牆板，他們恐怕在自己家裡也沒幹過這樣的活兒。你看那些慈濟人，他們剛剛回來，很辛苦，臉上有一層光，這層光要去救過災的人臉上才有。這不是世俗的快樂，這叫法喜充滿。

「人間大愛行」，這個「行」字也使人想到旅行，文言文說「天地者萬物之逆旅」，白話文說「我到這個世界上來走一遭」。官不修衙，客不修店，這個店不是四星五星觀光飯店，它是雞聲茅店月的那個「店」，住宿的人不維持房間的整潔，他不會再住第二次。張家界，八達嶺長城，自由女神像廣場，名勝古蹟，遊人去後留下百噸垃圾，清理困難。我辛苦，下一個人坐享其成，我不幹。書上說，從前有一個人經常出遠門，未晚先投宿，雞鳴早看天，他動身之前一定把住過的房間打掃乾淨。如果那時你也常出門住宿，你進了房間一看，居然不髒不亂，你會猜想，這也許是某某人剛剛住過的房間吧？我想，如果佛門弟子旅行團遊峨嵋，地上一定沒有垃圾，即使原來有，他們也撿起來。後之來者也許會想：這地方慈濟功德會的人剛剛來過吧？

佛法把人情提高到佛性，佛性是人情的淨化、擴大、提高，經過學習，他們叫修行。人間大愛行，這個行就是修行，用他們的行為，用他們的行動，在行動中擴大、行為中提高。他們就有能力愛儒家不能愛的人、愛道家不肯愛的人，甚至愛他自己不能愛的人，寃親平等，也就是基督說的愛仇敵。他們放下報紙、登上飛機，就可以去愛休士頓風災水災的孩子、去愛海地大地震的孩子。休士頓的人叫慈濟人為藍衣天使，因為他們穿藍色的制服。我看正確的名稱是藍衣菩薩。佛教有白衣觀音、有葉衣觀音，畫家畫過黃衣觀音，雕塑家塑過紫衣觀音，那就再添一座藍衣觀音吧。這個藍衣觀音是中國人，中國佛教到時候了，可以產生一座觀音。

蘇煜升居士跟我談到社會上出了這麼多凶殺案，他很難過。殺手濫殺，因為心中有恨，先是恨他該恨的人，後是恨他不該恨的人。不久以前，美國的司法機構抓到一個殺手，他說他每天恨美國幾分鐘，越思越想心頭恨，洪桐縣裡沒有好人！恨是可以累積的、是可以繁殖的，像大海污染、空氣污染、土地污染，都是一點一點累積起來的。愛也可以累積，有人說瞎子不點燈，一輩子沒省下油錢，那是因為他沒把燈油錢存起來。銀行裡有一個行員，他設計了一個電腦程式，客戶存款的時候，如果錢不是整數，如果後面有幾角幾分，電腦自動把那幾分錢撥到另一個帳戶，那個帳戶是他開的。後來銀行查出來他作弊，送他去坐牢，他已經在帳戶裡存了十幾萬了。這就是累積。恨，小恨大恨累積起來，破壞你的生活，歪曲你的世界，最後可能毀滅了你。走這麼一遭，太沒意義了。

一切問題由人造成，人的問題由人心造成，「國者人之積，人者心之器。」人心的問題，佛家開了一味特效藥，就是大愛。我們做不到，宗教可以幫助。我不是佛教徒，我順風鼓吹大愛。咱們中國人講人情、西方講人性，前人用人情人性建立的這個社會年代太久了，出了毛病了，很危險了，怎麼辦，把大愛請出來吧。大愛，並不是人家愛你、你才愛他，大愛，並不是因為他有優點你才愛他。你到休士頓救災，難道因為休士頓的人愛你嗎？南方人對北方人是有偏見的，不管它，你泡在水裡，我駕著橡皮艇來了。你到海地去救災，難道因為海地人十全十美嗎？海地人也是貪嗔癡、也歧視中國人，不管他，你的房子震坍了，你無家可歸，我帶着帳蓬礦泉水來了。我們都有罪業，佛陀慈悲，眾生無邊誓願渡，我們也該照樣行。基督說，我來不是找義人，乃是找罪人。佛菩薩正是因為這個世界有缺點才來、因為眾生愚昧才來。這才是同體大悲之愛、冤親平等之愛。如果你覺得這些人都可恨，那可不得了！前面是懸崖，你危險，這個社會也危險，趕快回過頭去重新出發。人都有缺點，每天愛它幾分鐘，累積，升高，擴大，自己不同，社會也會不同。

# 說好話

社區有心人提倡「存好心、說好話、做好事」，改善社會風氣，也促進人和人的關係。

做好事要有財力人力，難；說好話要有機會、有口才，也不容易。老來無事，常被各種集會請去做裝飾品，主持人恤老憐貧，又常請你上臺講幾句話。儀式而已，沒人對你這幾句話抱什麼希望，但是我要對得起這滿座來賓。

我致詞通常不超過三分鐘，按廣播電視播報新聞的速度，三分鐘可以講六百字。我事先寫好講稿，既能控制時間，也刪除了顛三倒四和嗯嗯啊啊。我在這三分鐘免不了客套、免不了應景，這些話是來賓隨手丟棄的垃圾，但是我也一定有一兩句話可以讓來賓記在心中，帶回家去。有人問我為什麼要費這麼大的勁兒，我說無他，盡心焉而已。

## 書畫偶爾真富貴

話說這天一位畫家公開展出個人的作品，當場義賣，全部收入捐給公益團體慈善事業。我去參加開幕的酒會，一路上尋找那可以讓來賓記在心中帶回家去的兩句話，我得先有這兩句話做核心，然後演繹包裝。這位畫家畫「圖畫」，在創新和守成的夾縫中容身，憑我對繪畫所有的一點常識，很難言之成文。等到一步踏進展覽會場，有了！

我家鄉有一位中了進士的尊長，詩書畫都有相當的修養，他說過，升大官發大財不算富貴，能寫字能畫畫兒才是富貴，普普通通寫兩個字畫幾筆也不算富貴，寫得好畫得好才是富貴，這位前輩很謙虛，他說自己「書畫偶爾真富貴」。

我說，這位受社區敬重的知名之士書畫二十年，專業之外另有藝術成就，今天舉行個展，拿出來的都是精品，這不是偶爾富貴，這是滿堂富貴，這是精神上的富貴、文化上的富貴。為什麼說這是富貴呢？富是為了出塵，貴是為了脫俗，所以人都願意富貴、不願意貧賤，貧了就得含垢，賤了就得媚俗。可是富貴是不是真能出塵脫俗呢？出塵脫俗是一種藝術境界，金錢未必可以達到，書畫可以達到，今天我們來看展覽，可以印證。

我說，主辦單位要我講幾句話，我站在這個位置上一看，不但四壁琳瑯，而且滿座衣冠。各位都是來買畫的吧？這一場展覽是義賣，所有的收入都捐給公益團體慈善事業，各位買畫就是捐款、就是行善，富而能施，就是又富又貴。各位來賓一向熱心公益，參加這次書畫義賣，也是一場共同的富貴。

聽了這番話，全場熱烈鼓掌，當場買畫的人不多。我也只是盡心焉而已。

## 做值得寫的人，寫值得做的人

在作家聚會的時候，我常常鼓吹兩句話，「做值得寫的事，寫值得做的事。」這幾年我勸人寫傳記，把那兩句話修改了一下，「做值得寫的人，寫值得做的人。」

話說紐約華人社區的一位名人，商場得意，樂善好施，華人文壇的四大傳記高手，聯合起來為他寫了一本傳記，新書發表會上，我說傳主是一個值得寫的人，作家看見這樣的人都想來寫他，就像雕刻家看見一塊很好的大理石，很想變成自己的作品。現在由四大高手、四大名票，為他寫出一本傳記來，人以文傳，文以人傳，可以在廣大的人群中增加十個百個「值得寫的人」，這些值得寫的人又做出千件萬件「值得做的事」，對建造一個健全的社會大有幫助。

我說，作家筆下值得寫的人，都是讀者眼中值得做的人，讀這樣的傳記，可以擴大心胸、提高境界、砥礪意志、向前向上。我們來到這個世界上，不斷成長，不斷學習；遇強則強，遇弱則弱；近朱者赤，近墨者黑。這個值得做的人，他是怎樣做到的？別人怎樣也做到？名人傳記就是正面教材，至少是重要資訊。

散會後回到家中，接到一位社團領導的電話，問我那兩句話怎麼說，「做值得寫的人，寫值得做的人」，我一個字一個字說了，他一個字一個字記下來。

## 如果你是泥做的，教育家把你燒成瓷

臺灣銘傳大學校長包德明博士逝世，銘傳大學的美東校友會集會悼念。校友中有很多人是內人的朋友，所以我們老倆口也列席致敬。

輪到我致詞，我說包校長是教育家，想當年臺灣辦學不容易。包校長有影響力，那年代有影響力的人多半為自己打算，當然也有人為青年打算、為下一代打算、為國家的發展打算，包校長是其中的一個。這是應景的話。

我又說，她選擇了教育，她辦了一家專科學校，她繼續努力，把專科學校辦成學院，再把學院辦成完全的大學。她為大於微、圖難於易，她日新又新、層樓更上。她奉獻自己的一生，造就十萬青年的一生。這是陳陳相因的頌詞。

因此切入，我強調教育家的重要，爭取普遍的認同。賈寶玉說過，男人是泥做的，女人是水做的，我想把這兩句話延長，「教育家把水做的女人釀成酒，把泥做的男人燒成瓷」，當作今天的警句，繼而一想，美國對性別歧視敏感，咱們別男人啊女人啊，稍加修改，以「如果你是水做的，教育家把你釀成酒；如果你是泥做的，教育家把你燒成瓷」定稿，我看見有幾位來賓馬上掏出手機來打字，想是把這兩句話記下來。好了，下面接近尾聲了，我說上帝造我、父母生我、教育家成就我，教育家是我們精神上的父母、人間的上帝，教育家是國家的祥瑞、眾生中的聖賢。這裡面有我青少年時期失學的餘痛，不僅是乏泛的應酬話。

## 一步踏進來，這裡就是中國

紐約華僑文教中心成立三十週年了，我去對它說一聲「生日快樂」。我說我單是一句「生日快樂」還不夠，我是老人，老人有他該說的話。我說我搬到紐約來的時候，文教中心還沒有成立，法拉盛的文教社團想找一個地方辦展覽、開座談會，社團的負責人到處奔走，仰著臉跟人說話。一九八六年，華僑文教服務中心的招牌掛出來了，我特別跑去看那面招牌，看了很久，捨不得離開。有了這麼一個舞臺，一位又一位主任從天涯海角、四面八方來給社區服務，文教社團就有精神了，各種活動也多了，大家切磋觀摩，進步很快，朋友見面的機會也多了，彼此的感情也增加了。

單是幾句「想當年、到如今」還不夠，我得說說跟我特別有緣的幾位掌舵的人，現任的主管愛聽，他希望三十年後還有人記得他，離任的主管只要還在這個僑務系統做官，也有人向他轉述，他也在二十年後、三十年後的今天又想起我。可是各位看倌對這些人並不關心，文章是寫給各位看的，這一段史話，我給各位省了。

結尾一段話相當漂亮，不看可惜，我說文教中心這個寶貴的空間好比是搖籃，讓多少作家藝術家成長，它也好比是一座堡壘，在異國外邦守護我們的詩詞歌賦、琴棋書畫。這裡的空氣不一樣，這裡有檀香墨香；這裡的光線不一樣，這裡有朱砂石綠；這裡的聲音不一樣，這裡有平上去入。「我們一步踏進來，這裡就是中國！」對！就是最後這句話，散場以後，多少人帶著它走。

## 文學鼓吹離散，離散發展文學

我們在英語的社會裡用中文寫文章，難免孤獨寂寞，我曾經引用兩句唐詩描述這種處境，「獨坐幽篁裡，彈琴復長嘯。」偶然有北京上海來的作家、臺灣香港來的學者，文藝社團安排一個演講或者座談，跟大家見見面、說說共同語言，我想起我引用的那首唐詩後面還有兩句，「林深人不知，明月來相照。」專門研究美國華文文學的陳公仲教授有紐約之行，我就說，明月照到我們頭上來了！因緣湊得巧，他到紐約，正是中秋節前兩天，他比中秋明月早到一步。我想，他會帶走我的這個比喻。

我對滿座文友說，陳教授是研究美國華文文學的專家，今天在座的各位都在他的觀察之下。我們常常放不下，惟恐沒有人看我們的文章，其實有人看，而且是水準很高的人在看，而且是以看我們的文章為專業，陳教授就是其中一位。他們看了我們的文章之後還有稱讚或糾正，對我們很盡心。這麼一來，我們就不懈怠了、就不孤獨寂寞了。只要有他們這些良師益友在，海外的華文文學雖然有困境，一定能突破。這是場面上的應酬話，在應酬的場合要講些應酬話，顯得鄭重也顯得親切。事實上，研究美國華文文學的人不能讀遍美國的華文作品，文學如海，作品如魚，魚在深水，研究者注視海面。等魚冒上來，才進入他的研究範圍。但是這話只能在學術研討會上講，不能在來賓歡迎會上講。

也不能淨講一些應酬話，那就俗了，那樣對待一位專家學者，也是禮數不周。我手邊有好幾本陳公仲教授的著作，他有一本《離散與文學》，是一本文集，書名很吸引我。在他的演講會上我高舉他的這本書，我說我受中國文學哺養，嘗過各種滋味，我覺得中國的現代文學經過三個階段，先是「文學鼓吹離散」，後是「離散發展文學」，最後是「文學整合離散」，最後一項整合工作，陳教授一直在做，僕僕風塵，老當益壯。我認為這樣既抬高了他，也沒有矮化紐約的文壇，恰到好處。

散場時，紐約作家中的一位大哥大，把他手裡的筆記本送到我的眼前，他說：「平時請你演講，你總是說詞窮了，其實你還有材料可講。」他在筆記本上寫的是「文學鼓吹離散，離散發展文學，文學整合離散」。很好，他把這三句話帶走了。

## 藝術給我們超物質的經驗

看張欣雲居士拍攝的《朵瑪藝術》紀錄片，見到密宗的宗教領袖和藝術家，初識一向陌生的西藏文化。主持人要我即席一談「宗教藝術與現代人的生活」，這個題目很好，要等有學問的人來做文章，要我說一點感想，我也有，當然我說的也許不對。

藝術給我們超物質的經驗，一幅畫，畫布油彩都是物質；音樂演奏是空氣振動，也是物質；但是我們看畫聽音樂，那些物質都不見了，我們有渾然一體的感覺，我們擺脫一切壓力，沒有任何需求。一無所有而又無所不有，我們放棄平常的思考推理，一步到位，得到最後的結果，一個沒有結果的結果、不需要結果的結果。藝術的可貴就在它能夠給欣賞藝術的人這種經驗。

這是精神上的一大享受，現代人非常需要這種享受，可以心曠神怡，有時候也是一種治療，可以祛病延年。在這方面欣賞宗教藝術收穫豐富，因為上面說的那種經驗，就是宗教的境界。所謂無沾無礙，所謂本來無一物，所謂空中無色，無受想行識，無眼耳鼻舌身意，無聲色香味觸法，宗教家的心靈就住在那個境界裡，而藝術作品又是藝術家心靈的變現，「變現」是佛家的語言，藝術家早已搬過來借用了，變現也就是心靈的物質化、無形的有形化，我們親近他「形於外」的這一部分，可以進入他「誠於中」的那一部分。

藝術不能代替宗教，它有宗教的一部分功能，我常覺得我們占了很大的便宜，宗教家要修行一生一世，甚至修行幾生幾世才到那一步，我們欣賞宗教藝術的人，就這麼輕而易舉地分享了，當然宗教家可以長住，欣賞藝術的人只是暫時、片刻、一剎那，仍然可以說很公平。無論如何，我像感謝宗教家一樣感謝藝術家，今天在紀錄片上展示出來的這些作品，背後都有一個創造的人，他們的名字失傳了，我用禱告感謝他們。今天記錄這些作品的人、流傳這些作品的人，現在就在我們眼前，我們用掌聲感謝他們。

我說了這麼多，似乎很難從裡面摘出一兩句來自己持有而拋棄其餘。我知道，在這種場合，聽這樣的致詞，也沒有人傾耳專心，只是任其遺落滿地，能偶然像拾穗一樣揀起幾顆，也許你喜歡的是這兩句、他喜歡的是那兩句，都是有緣。

## 如果繼續給我紙，我還有很多血

臺北的中國時報有個「開卷」版，每年向讀者推介開卷好書。二〇〇九這年，我的回憶錄《關山奪路》入選，同榜者還有齊邦媛、龍應台、蔡素芬、劉克襄、蘇童、畢飛宇等人。

開卷好書發表之日，照例要登載得獎人的感言，我隔海致詞，也照例用「非常感謝」開頭，謝謝中國時報，謝謝開卷版，謝謝年度好書的各位評審委員。

年輕的時候，我不知道每一件事都是由種種因緣合成，而每一種因緣都難得。二〇〇九年，我八十四歲了，總該有些長進。三年後，我的家鄉為我的作品舉行研討會，我就能說出「感謝天地君親師、感謝唐宋元明清、感謝金木水火土」三句話，讓參加會議的人帶走。有人要我解釋感謝金木水火土，我順便把三句話都「演義」了一番，天地君親師，小我成長的因緣；唐宋元明清，歷史文化陶冶的因緣；金木水火土，人際關係相生相剋的因緣。

對開卷，我緊接著升高一步，引用尼采，尼采說過，好書是用血寫成的。有人被他的聯想限制住了，以為像出家人刺臂取血寫佛經，我給他加了幾個字稀釋一下，好書是「血變成墨水」寫成的，為什麼不說它是墨水要說它是血？這就是文學的修辭，「血」字比較醒目動心。

引用尼采是升高，離開尼采再跨出一步是擴大，我在感言裡面繼續說，寫文章不能光有墨水，還得有紙，我們都是在紙上安身立命的，「秀才人情一張紙」，文豪的功業也是幾張紙。我說我有墨水，血變成的墨水，我得感謝中國時報給我紙，感謝很多家報紙雜誌給我紙，爾雅出版社也給我紙，大家都給我乾乾淨淨的紙、給我寬寬大大的紙，沒有各位的紙，就沒有我的書，即使沒有好書獎，我已經非常感謝了。

我想起當年義大利的鐵血宰相俾斯麥對國會說，今天那些嚴重的問題需要用「鐵」和「血」解決，我有血（將士、熱血男兒），請諸位給我「鐵」（撥款買武器裝備）。我在一百四十年後乘其餘勢鼓動文氣，我說請繼續給我紙，我還有很多血。好了，我想臺北那些參加授獎儀式的人都想帶點記憶回去，有我最後這一句話，他們不虛此行。

## 所有的教會都是由小變大

那天，我講話的地方不是教會，是華文文學的讀書會。愛好文學的人定期群聚，一群人熱熱鬧鬧的讀書，由與書為友到以書會友，他們把喝茶、聊天、開會融合為新的形式，排除了閱讀帶來的孤獨。讀書會中人人提出讀書報告，由一個人讀許多書，發展到許多人互相代讀，在有限的時間中博覽多聞。

這樣的讀書會本來很多，後來，慢慢的減少了，這裡那裡的讀書會都停辦了，為什麼停辦呢，因為參加的人數減少了。這天我出席的這個讀書會需要拉抬士氣，我在應該說好話的時候來到需要聽好話的地方。我說奇怪啊，串門子殺時間的人不來，好座位空出來了；東拉西扯的人不來，發言的時間多出來了，這是去蕪存菁啊，怎麼就停辦了呢！我在說好話，希望眼前這個讀書會不要停辦，繼續延長。

那天，我說，我們要有一個觀念：讀書會不是群眾大會，讀書的人是小眾，讀書會是小部落，規模小，數量多，我們不是日正當中，我們群星萬點。讀書是雅興，不附流俗；讀書是智舉，人棄我取。讀書會人數可多可少，四君子、七賢都足以傳為美談。我一看，讀書會的主辦人是基督徒，他愛聽耶穌的話，耶穌的話都是好話，耶穌說：「只要有兩三個人同心禱告，我必在你們中間。」我強調所有的教會都是由小變大，讀書會亦做如是觀。如果那天讀書會的主辦人是佛門弟子，我會說，別看我們這個讀書會很小，因緣不可思議，春種一粒粟，秋收萬擔穀，這也是好話。

那天有圖書館的兩位資深館員在座，我乘機會說了幾句好話給他們聽，希望他們對讀書會增加一些熱情。我說讀書會仰賴書店、圖書館支持，三者可以密切合作，圖書館可以是眾多讀書會的水庫，讀書會可以是圖書館的支流，支流也許在水庫的下游、也許在水庫的上游，讀書會由讀者構成，讀者可以是圖書館的源頭活水。這種共存共榮、相得益彰的關係，在臺灣得到充分結合，希望海外迎頭趕上。

## 穿睡衣的時代寫散文

一位新聞界的大老，一生寫新聞、下標題、撰社論，風骨峭峻，不苟言笑。他晚年忽然出版了一本散文集《穿上母親買給我的睡衣》，圈內人紛紛表示詫異。

這位新聞大老當初也是文藝青年，後來以新聞為專業，文字中不見性靈和情感，想必有一番自我封殺。老年忽然回歸柔美，許多文學作家倒是很興奮，大家給他開了一個規模盛大的新書發表會，「我輩中人」雲集，政界商界學界的名流也來了不少。素負盛名的批評家夏志清、詩人鄭愁予、散文家潘琦君都到場致詞，我也在他們之後說了一些好話。

為這位新聞大老的散文集說好話並不容易，他對文學的修辭方法很生疏了，所謂用意象來思考也隔膜了。好在我一向認為新書發表會不是文學論壇，我們講話也不是去做文學批評。作家出了一本新書，就像他生了個兒子，或者蓋了一幢房子，在他是一件喜事，我們是去道賀，分享他的喜悅。你去了可以不說話，要說話必定是說好話，所謂好話不僅僅是稱讚他的房子好，還要增長大家的好心情，配合現場的好氣氛，事後，來賓可能忘記了那本書，還可以忽然想起來你的話。

我到了新書發表會的會場，人人都說這本散文集的書名很溫馨，我的好話就抓住這個書名發揮。我說大老把一生獻給新聞事業，他經歷了三個時代，起初，他跟同行搶新聞，披荊斬棘，一馬當先，我稱之為穿獵裝的時代。後來，他高升了，他管大事不管小事，他除了辦公以外，還要講學、開會、演講、剪綵、證婚、赴宴，他得穿禮服、穿西裝，我稱之為穿禮服的時代。轉眼又是多少年過去了！

現在，我說，我看到這本新書《穿上母親買給我的睡衣》，我忽然想起來，我們的新聞大老快要進入穿睡衣的時代了，他不用再那麼辛苦、那麼操心了，他功成名就，以後可以雲淡風輕、心無窒礙了，別人去做英雄做聖賢，他可以做神仙了。《穿上母親買給我的睡衣》！到了這個時候，還有高堂老太太給他買睡衣，這就連神仙都要羨慕都要感動了！我真想看一看、摸一摸這是一件什麼樣的睡衣，籌辦新書發表會的人，為什麼不把那件睡衣掛在這裡！

那時，圈內傳聞大老該退休了，但是他還有些猶豫，所以，當我說他快要進人穿睡衣的時代，全場大笑鼓掌，緊接著，我說出到了這個時候還有高堂老太太給他買睡衣，全場肅然無聲，我知道我應該見好就收了。

## 要看是什麼樣的碎片

「小而美」是美國七〇年代興起的觀念，那時候美國企業喜歡標榜世界最大、世界最多、世界最高，辦球賽，明明是美國國內的賽事，明明只有美國球隊參加，冠軍的獎品也叫世界盃。現在各位都看見，曼哈頓三十四街的

Macy's，牆上寫著「世界最大的百貨店」。那個觀念是「大而富」。小而美對抗大而富，你大，你豐富，我小，但是我精緻。

作品也有「小而美」，小船小橋小渡頭，細雨臨風岸；也有「大而富」，大海大艦大宇宙，雲霞出海曙。小而美的作品幅度小、密度高、數量少、質量高、人力小、才氣高。小飯店可口小菜，好鄰居小村小鎮，美好回憶小河旁邊小花小草一隻小手。天上一滴淚，地上一個湖，人間一口氣，天上一片雲。

我現在文章越寫越短，有時候每一篇只有五、六百字，最長也不過一千字，編成這本散文集，出版社給我取名字，叫「小而美散文」，小則小矣，美則未必。今天新書發表會，同時義賣新書，「小而美」參加了，既然義賣，所有的收入捐給公益團體，我必須說這本書很好，沒有謙卑的自由。說自己的文章好，沒有人能說得好，我必須冒這個險。

為什麼文章越寫越短呢？老人做事怕麻煩，以前登山，現在散步，散步比較容易。以前主張戰爭，現在主張和平，和平比較容易。以前相信科學，現在相信宗教，宗教比較容易。寫長文章要蒐集很多材料，支付很多感情，還得經營章法結構，太辛苦了，也沒那個力氣了。這時候，洗手吧，別再寫了，但是「人在江湖，身不由己」，有時候還得寫，那就寫那麼短短一段吧。文章那麼短，有什麼地方值得一看呢，又怎麼證明你是用心寫的呢？這時候，逼上梁山，你得追求小而美，這是老作家的最後一條路。小而能美，這是一條活路；小而不美，這是一條絕路。

在家鄉，老人自言自語，叫做「碎碎念」，換成今天的語言，就是碎片化。大家都說碎片化不好，那也未必，拿我讀過的書來說，《論語》就碎片化，泰戈爾、培根也碎片化，抗戰時期，我們小青年都摸過尼采，我的印象，尼采也碎片化。我在臺北那些年很苦悶，老師叫我讀王陽明的《傳習錄》，《傳習錄》也碎片化。「無可奈何花落去，似曾相識燕歸來。」怎麼也像碎片？「兩個黃鸝鳴翠柳，一行白鷺上青天。窗含西嶺千秋雪，門泊東吳萬里船。」怎麼也像碎片？碎片化沒問題，要看是什麼樣的碎片，你是零金碎玉，你是秦磚漢瓦，你是小數點後四位數、千分之三克拉的鑽石，要用放大鏡看，都有價值、有行情。

小而美，碎片化，今天大家看我的，看我寸有所長、絕處逢生；看我千錘百鍊、少許勝多；看我意在言外、餘音裊裊。小而美，小而美，大家來買小而美，物美價廉，開卷有益，買了是我的榮幸，不買……是你的損失。

（全場大笑，鼓掌）

# 今天我要笑（一）

人世難逢開口笑，尤其是我輩，遠適異國，昔人所悲。一位中國哲人問過，人生上壽不過百歲，普通只有七十八十，其間除卻種種勞苦憂患，開口而笑者能有幾回。這個月，我忽然想做一次小小的調查，一見我輩中人就問他最近可曾開懷大笑，他說沒有。可曾見人笑哈哈而喜洋洋，回答是：忘了。開口笑？只記得在商店裡見過那種炸裂了的小點心。怎麼能開懷縱情大笑幾聲，讓臉部肌肉換個操作的方向也好。那麼就去看一場侯寶林吧，在製造歡樂的大企業裡，他可是個洛克斐勒呢。

江山代有才人出，各領笑聲數百年。是夕也，夜涼如水，而麥迪遜花園中心大廳溫煦如嬰兒的襁褓，繁星臨照，四圍摩天大廈肅立。老人策杖拾級顛巍巍而來，中年人脫帽在手灰髮滿頂一襲鐵灰色風衣飄然而來，還有少者壯者牽手挽臂親密密而來。排排坐如梯田在山，密密如灌木林成行成叢。音響設計一流，就等著中國人來哄堂。

侯寶林哪侯寶林，千呼萬喚。天燈暗而復明，名角亮相。不是侯寶林，是他的同夥。臺上這個角兒太喜歡喝酒了，他的酒癮是超經濟的，沒有錢，也要醉。他的酒癮是超道德的，死皮賴臉，也要喝。他的酒癮乃是哲學的，迂迴辯證，讓他喝酒乃是天地間唯一的真理。高級的笑料建築在他的邏輯上，他一下子就把我們逗笑，先是輕聲，後是縱聲；先是此起彼落，後是同時爆炸。我身旁坐著戒酒會的委員，他笑得前仰後合，唉，這人怎麼這樣喜歡喝酒，就給他喝吧。不主張戒酒了嗎？哦，委員還要做下去，由他喝過這一次再戒。同臺的另一位演員，他的搭檔，想不給他喝也不行。幾杯下肚，舌頭開始打結，先是一個小結，後是一個大結，出現了妙趣橫生的醉語。我們常說醉態可掬，這天晚上我想醉語才引人入勝，他說一句，我們笑一次，他說得越多，我們笑得越多。我對戒酒委員說，如果酒徒這般可愛，何必勸人戒酒？委員說，你如果願意殘忍，可以花錢買酒製造一些醉鬼當電影看。幸而有辦法不必殘忍，我們聽相聲。

唉，侯寶林啊侯寶林，你的同夥已經這樣出色，你怎樣超越？下一場相聲該侯寶林了吧，不是侯寶林，是侯的三公子。新桐乍引，春蘭怒發，七分英氣，三分鋒芒。他的一段相聲取材京劇，京劇最重傳統，不能出格，出格了就是笑話。要欣賞這一個段子得懂一點兒京劇，要說好這一個段子得對京劇出色當行。在這個段子裡，正和誤是對照平行的，觀眾要先看見花旦的標準眼神如何流盼生情，再為了近視眼唱花旦噴出飯來。侯三少家學嫡傳，血統道統集於一身，他念鴻鸞喜金玉奴出場的四句引子，音質之佳，音色之美，這種聲音古人無以名之，謂之裂石，謂之遏雲，今人依然無以名之，仍然名曰裂石、名曰遏雲。聽他唱了三句王寶釧，我簡直得隴望蜀，想聽戲了。昔人有云，說相聲的有梅蘭芳的才、沒有梅蘭芳的命，意思是說如果他唱戲也可以拔尖兒。現在的相聲演員不需要梅蘭芳的命，他有自己的命，他和梅蘭芳同命，都可以躋於藝術家之列。唉，侯寶林呀侯教授，你的公子怕是藍更勝青了吧。

然後，然後，侯寶林出來了。還好，排節目的人夠意思，把他放在下半場的第一個節目，沒有弄成大軸，讓你多受煎熬。千頭萬頭，人山人海，多半為了這一眼。一眼望去，老了，四十年來家國，三十萬里山河。一開口，嗓子依然金聲玉振、顫人心神。侯老，你成名的時候，中國的戲院老板還不懂得什麼叫音響，委屈了你大半輩子。麥迪遜花園中心、林肯中心、卡內基音樂院正是為你這樣的人而設。中國語言的優美和你的語言天賦，也只有在這等地方可以百分之百彰顯出來，抑揚頓挫，清濁輕重，都成風格境界，清晰得像是藍色天鵝絨上的水晶。場中不知有多少人等著笑，會心一笑做逗點，縱聲大笑做句點，全體哄堂分段落。多少人等著日後說他在侯寶林臺下笑過。七十歲的侯老歷盡劫波，沒有煙火氣了，沒有稜角了，語驚四座的野心，堆砌高潮的機心，全在水流天地外、山色有無中。無限恬淡，無心插柳，大智若愚，大諧若莊，自成無數風趣，會當凌絕頂，一覽眾山小。他娓娓潺潺地說了一個猜謎的段子，說完了，掌聲不歇，又饒上一個醉漢夜歸的笑話。

西諺有云，所有的笑話都是長了鬍子的，七十年滄桑世變，多少事出格，多少事不調和，多少人突然變小，歷史是按照相聲法則發展過來的嗎？藝術何時才把痛哭化為長歌呢。然而我想你我他在散場走出的時候都是滿足的，因為我們快快樂樂地笑了一百次，而以最後這場相聲中笑得最是甘心。

證明了我們童心未泯、聲帶未鏽、笑的能力未盡失。證明了笑沒有國籍、笑沒有地理限制，甚至也不分階級。所有的觀眾，老少窮富，左中右獨，龍蛇魚珠，都在走出大門的時候，如同剛剛參加了一場喜慶盛典。

# 今天我要笑（二）

據說人是唯一會笑的動物，可惜笑的機會不多。有一輩古人說過，人生最多活一百歲，一個月裡頭能笑幾次呢？這番話後來濃縮成七個字：一月主人笑幾回。有人統計過，世界上有多少行業專門製造笑、逗人家笑；人為了買笑，一生之中要花多少錢。笑一笑，十年少。喜樂使人健康，笑是最好的營養品；喜樂使人美麗，笑是最好的化妝品。

我年輕的時候不會笑，想當初少年十五二十時，我們所受的教育告訴我們，笑是低級表情，不笑是高級表情；笑是小我的流露，不笑是大我的流露；笑是苟安逃避，不笑是犧牲奮鬥；笑的時候肌肉發軟、全身無力，不笑的時候意志堅強、力量集中。先天下之憂而憂嘛，匈奴未滅，有什麼好笑！

那時候，學生受嚴厲的軍事訓練，你笑，官長說你嘻皮笑臉，懲罰嘻皮笑臉的辦法是打。笑是一種能力，那時候，我們一度喪失了這種能力，我不會笑，要笑，十年後從頭學。我還記得，有一次，當年官長召集我們訓話，他說他提倡言論自由，你們對官長有什麼批評，儘管說出來。有一個同學說：報告長官，你什麼都好，就是脾氣暴躁。官長大怒，他說暴和躁不同，暴是暴，躁是躁。我的脾氣有時候有點兒躁，但是絕對不暴，你居然說我暴躁，這是公然侮辱長官。他走過去給那位同學一頓拳打腳踢。這件事大概很可笑，是吧？可是那時候我們沒有一個人笑得出來。

那時候，中國青年有四尊偶像，所謂世界四大偉人：一位是美國總統羅斯福，一位是蘇聯領袖史達林，一位是德國領袖希特勒，還有一位中國領袖蔣介石。他們的照片遍天下，沒有一張是笑臉，他們代表當時的主流形象。中國共產黨的領袖毛澤東，那時還沒成氣候，據說他也不笑。

蔣介石當然不笑，至少，他不讓大眾看見他笑，他要做全國軍民的表率。抗戰勝利那年年底，政府宣傳部門推出一張照片，我們看見他笑了，他穿著便裝、戴著呢帽，笑容滿面，我們第一次看見他的臉型是圓的。現在回想那張照片，表示他要轉型，含有畫時代的意義。

可惜後來他的照片又不笑了，因為他又要打仗。我聽說有人一面下棋、一面指揮作戰，有人一面打檯球、一面指揮作戰，有人一面讀《少年維特的煩惱》、一面指揮作戰，沒聽說有人一面笑、一面指揮作戰。談笑間檣櫓灰飛煙滅，那是一位詩人的幻覺，事實上諸葛亮沒笑、周瑜也沒笑。

我們也都沒笑。

一九四九年，我追隨國民政府到了臺灣。各位都知道國民政府是怎麼到臺灣的，那時候個個面目憔悴、肌肉僵硬。我進廣播公司節目部做事情，廣播節目應該是製造笑聲的工廠，可是那時候不然，廣播節目提供的是教條、口號、宣言、警告。那時候也常常有名人演講，演講裡頭沒有笑料，貨真價實，幾乎沒有包裝，也不附帶贈送什麼小幽默。

我還記得，那時候有人提出來，我們的社會需要笑聲，我們只能笑、不能哭，我們的戲劇家要演喜劇、不要演悲劇。可是戲劇工作者說，你這是又要馬兒跑、又要馬兒不吃草、又要馬兒笑！那時候，生活壓力大，精神的壓力更大，對過去，心裡後悔；對未來，心裡恐懼；對現在，充滿迷惑。於是醫學界有人提出警告，他說生胃潰瘍的人越來越多，尤其是政府負重要責任的人，健康都在水準以下。他要大家放鬆心情。現在想想，那時候我是生了憂鬱症，那時候沒人知道什麼是憂鬱症，我相信生憂鬱症的人一定比生胃潰瘍的人還要多。

人是唯一會笑的動物，笑是我們的專長，笑是我們的人權，我們應該笑，我寫過一篇文章，題目是「今天我要笑」。我坐在這裡放眼一看，看見滿座來賓都笑咪咪、都喜洋洋、都非常快樂、都完全健康。現在大家都是會笑的動物、是標準的人類、是幸福的現代人。關心世界和平，但是仍然可以笑；參與國家政治，但是仍然可以笑；每星期都到養老院孤兒院做義工，但是仍然可以笑；四處奔走，為非洲生愛滋病的人募捐，但是仍然可以笑。人人笑得十分自在、十分美麗、十分大方、也十分主流。

快樂跟笑有密切關係，怎樣才會覺得快樂呢？有人告訴我，快樂有三個要素：健康，存款，朋友。為什麼沒提兒女呢？為什麼沒提配偶呢？配偶、兒女都得變成朋友才行。周作人說過，五倫只是一倫，就是朋友。為什麼強調存款呢，為什麼沒提宗教信仰呢，是不是有五萬元存款的人，比那有十萬元存款的人笑得更少；是不是吃牛排的人，比吃炸薯條的人笑得更多，未必吧。快樂不是經濟學，是哲學；不是生活條件，是生活態度。並不是因為快樂你才笑，是因為你笑你才快樂。

我在這裡做個見證。

我過了二十歲還不苟言笑，同事送給我一個綽號叫鼎公，那表示我表情呆板，說話也沒什麼趣味。後來我在臺北聽到一個小故事：二次大戰還沒有結束的時候，美軍裡面有一個大兵向長官請假，理由是太太要生產，他得回家照顧。長官說，國家正在需要你，你怎麼可以請假！這個大兵說，國家有一億九千萬人愛他，我的太太只有我一個人愛他。那時候，美國全國的人口是一億九千萬。我聽到這個故事哈哈大笑，緊接著，我驀然想起，我沒到臺灣以前早就聽見過這個故事，那時候我沒笑，我很不喜歡那個大兵，我認為他調皮搗亂。十年以來，我把這個故事忘了；十年以後，我聽見這個故事，居然笑出來。對我而言，這個故事是一個分水嶺，同樣一個故事，不必增加一分一毫成本，前後效果大不相同。

笑代表同意、代表包容，那個美國大兵請假，我們笑了，我們承認他有理由，我們包容了他。據說他的長官准了他的假，長官批准的時候大概也笑了吧。

我還記得，六〇年代，臺灣流行抽象畫，有這麼一個故事：臺大醫院的腦外科給一個病人開刀，醫生把病人的大腦拿出來診斷，等到他們想把大腦放回去的時候，發現病人不見了。這可不得了，醫生捧著病人的腦子到處找病人，護士擔架在後面跟著，他們找遍了臺大醫院也沒看見病人的影子。他到哪裡去了？莫非回家去了？他們追到病人的家裡，看見病人好好的坐在書房裡，他幹什麼呢，他在畫抽象畫！當時一般大眾看不懂抽象畫，不知道畫家腦子裡裝的是什麼東西，大家聽了這個故事都會笑，但是畫家聽了這個故事不笑，畫家不同意，他認為問題不在畫，問題在你們藝術修養太差。如果一個畫家聽了這個故事也笑了，他一定是超越了專業的立場，包容了看畫的人。

笑也是放鬆。有一種比賽叫拔河，兩隊人馬站在相反的方向拉一根繩子，都想把繩子拉過來，態度非常堅持。其中有一隊人馬忽然問自己：我要這根繩子做什麼？大家一鬆手，對面那一隊立刻人仰馬翻。笑就是拔河的時候突然鬆手。

笑是包容，連別人的缺點也包容。笑是放鬆，釋放自己，擺脫壓力。所以常常笑的人心胸越來越寬大、精神越來越活潑，也就越來越健康。人生在世，不如意事常八九，不笑你怎麼活！《三國演義》一開頭就說：古今多少事，盡付笑談中。也就是說我們包容了曹操、包容了孫權、也包容了劉備，我們釋放了他們，也釋放了自己。笑用不著花錢去買，笑是一種態度、一種哲學，笑可以自己產生，笑會自然而然湧出來，取之不盡，用之不竭。

我現在也能笑，我和別人一塊兒笑的時候，我才覺得和別人是同類。今天社會鼓勵你笑、欣賞你笑，跟我年輕時代的那個社會多麼不同！我一九七八年來到美國，一步走進海關，接飛機的朋友就講了個笑話給我聽。他說，有一年，莫斯科廣播電臺做街頭訪問，那時候還是史達林做獨裁者，蘇聯是個封閉的國家。那時候電臺還沒開始用錄音機，節目主持人得把他訪問的對象帶到錄音室裡來，現場進行。那個被訪問的人從來沒進過電臺，他很緊張，節目主持人告訴他，錄音室裡的聲音能傳遍世界，你進去以後絕對不要亂說亂動。那個被訪問的人不相信，全世界都能聽到？難道美國那麼遠也能聽得到？主持人用堅定的語氣告訴他，即使是美國也聽得到。於是這個人放心大膽走進錄音室，紅燈一亮，開始說話，這個被訪問的人，這個莫斯科的老百姓站起來，對著麥克風大喊一聲：救命啊！

我到處打工，遇見一個老板，他對我說，笑口常開的人可靠，他辦事我放心。有一次，同事大夥兒在老板家聚會，老板的房子很大、菜飯很壞、暖氣很低，但是老板妙語如珠，大家笑聲不斷，聽老板說笑話你怎麼能不笑！有人告訴我一個故事，他說，老板說了個笑話，整個辦公室哄堂大笑，只有一個人沒笑。旁人悄悄問他為什麼不笑，他說我用不著再笑，下星期我就辭職不幹了！

可是我的老板講笑話的時候我沒笑，他說英語，我聽不懂，沒有反應。他知道我不懂英語，換了個辦法考我，他叫我用中國話說一個笑話，指定一位同事做翻譯。

我接了他拋過來的球。我說，時間，晚上；地點，戲院裡。戲不很精采，好在快要演完了，只見舞臺上，羅密歐在茱麗葉的客廳裡，羅密歐熱情，茱麗葉害羞。羅密歐說：茱麗葉，給我一個吻，我要回家了。茱麗葉說：不！羅密歐又說：茱麗葉，吻我吧，我要回家了！茱麗葉還是說：不！羅密歐不放棄，他第三次要求：我要回家了，茱麗葉，給我一個吻吧！這時候，有一個觀眾站起來大聲喊叫：快點吻他！我們都要回家！

多虧那位同事英文棒、翻譯好，老板哈哈大笑，老板一笑，大家都是他的部下，當然要笑，於是來了個滿堂彩。那天晚上，老板對我很客氣，第二天，辦公室見面，他告訴我，他要給我加薪水。

今天的社會處處見笑臉、處處聽笑聲。今天我要笑，一天開門八件事，柴米油鹽醬醋茶，笑！每天晚上，吾日三省吾身，今天笑了沒有、笑過幾次？不笑，對不起你的十二指腸。

# 我愛新書發表會

## 一

近來參加文學社團的活動，發現很多年輕朋友都是座上客，他們留學之餘用中文寫作，成績可觀，令人眼底一亮。以前，留學生來了，總是忙著投入新環境、學習新文化，總是覺得多讀一本中國書，就少讀了一本英文書；多結識一個中國人，就錯過了一個美國人。現在怎麼不同了？這背後起了什麼樣的變化？無論如何，我們樂見樂聞，華文作家不再是中年出國的餘情餘業，不再是花果飄零的殘枝殘紅，伴隨著另一些人與時俱進，一同走向他生命的升弧和頂峰，造成海外華文文學的新氣象。

朋友說，這些年輕的作家都很有才氣，並不接受老一輩作家的經驗。我想，當然，有才氣的人要走自己的路，古人稱杜甫「無一句無來歷」，也許不能算是讚美，天才的大志是「無一句有來歷」。我曾經有機會跟有才氣的人討論寫作，我的建議他都沒有採納，天才是不聽話的。為什麼？《論語》說「聞一以知十」，有人取個名字叫聞一多；也有人不能知十，只能知一，他取了個名字叫聞知一。聞知一天分低，聞一多天分高。聞知一，你告訴他一個選項，他只有這一個選項，就照做了，他聽話。聞一多，你告訴他一個選項，他馬上有十個八個選項，他沒選你給他的第一個，他自己選了第五個或者第七個，看起來他不聽話。

這裡有很多知名的華文作家，都是聞知十、聞知八、聞知六七。他們起步早，作品豐富，遇到這樣一個聞一多，也是難得的緣分，我想大家都會珍惜這個緣分，大家都會看著他、想著他、稱讚他、勸告他、督促他、安慰他、多為他鼓掌。

朋友說這些年輕朋友筆下時時有新篇新章發抒新意，但產量不多。我想，有才氣的人只對他沒有興趣的事懶惰。他也許對早晨起床後疊被子懶惰，對修改他的詩稿不懶惰。他可能進了百貨公司懶惰，進了圖書館不懶惰。他在核對銀行帳單的時候懶惰，核對莎士比亞版本的時候不懶惰。希望他每天至少讀一篇文章、每星期至少寫一篇文章，即使顛沛造次，不管風雨陰晴。

寫文章，不能逢年過節寫一篇，不能兒娶女嫁才寫一篇，不能等到日蝕月蝕寫一篇。寫作不是長週末去釣了一條魚、不是百貨公司大減價去買了一個皮包。寫作是你兼了個差，天天要簽到值班。寫作是你信了個教，天天要打坐禱告。寫作是你養了個寵物，隨時想抱一抱、摸一下、看一眼，為了他早回家、晚睡覺、忘了吃飯。寫作是一種癢，手癢，心癢；寫作是一種癮，就像菸癮、酒癮。寫作叫人牽腸掛肚，才下眉頭，又上心頭。寫作是，你的生命一分一秒消失了，你不甘心。你對天地人生有發現，要給世界上的人分享。你的生命有熱情，辦公室裡用不完，廚房裡用不完，還要找一個地方用。你品味高，不去大西洋賭城，你來華文作家協會，你愛中國的語言文字、愛中國的文化，唐宋元明清，金木水火土，為你鋪了一條紅地毯，你要在上面走走。

寫文章也要及時，靈感如鮮魚，會變壞。寫作是感於物而動，寫的是心情，人的心情會變化，題材也會過期作廢。你看文學史上，多少作品產生的經過，作家發燒發瘋、廢寢忘餐，那是為什麼？因為時乎時乎不再來。青年時想寫沒寫，中年再也寫不出來；中年想寫不寫，老年再也寫不出來。你現在不寫，留著它幹什麼，即使那是錢，也會通貨膨脹，也會貶值，鈔票也會改版，新鈔票淘汰舊鈔票。

要寫得更好，恐怕先要寫得更多，多寫，可以寫了不發表、不出版。可以現在寫，將來再出版，不要等將來要出版了，臨時再寫。寫作應該是你的最愛，愛寫作，並不妨礙你愛別的，因為愛寫作，所以你博愛泛愛。你愛天地山河、愛冷暖陰晴，因為那是你還沒寫成的詩。你愛黑人也愛白人、愛一條腿的人也愛撐竿跳的人，因為他們都會走進你的小說。你愛每一粒灰塵，包括它的影子。你愛自己寫出來的書，也愛別人寫出來的書。你常常覺得很快樂。

我現在不能寫了，已經失掉了那種快樂，我還可以在別人寫作的時候分享他的快樂。這個世界能讓我們快樂的事不多，新書發表會是我們每一個人的快樂時光，希望我們的同行朋友多多創造這種快樂。

## 二

新書發表會是辦喜事，作家是新娘，出版社的社長是儐相。文學社團當家作主的人不止一位，他們都是文學儐相，我見過一個排場很講究的婚禮，新郎請了十個男儐相，新娘請了十個女儐相，真是花團錦簇、美不勝收。辦喜事要有來賓、要有貴賓，僑社領袖、文化長官都從百忙之中來了。新娘要坐花轎，花轎要有人抬，好幾位文學轎夫，都是無名英雄。

既然有文學新娘，有沒有文學婆婆？有沒有文學小姑？文學是個大家庭，三日入廚下，洗手作羹湯，未諳姑食性，先請小姑嘗。大家庭很熱鬧，以後口舌是非不少，但是在婚禮上新娘是焦點、是重心，一切為她存在。在這樣的大禮堂裡，我怎麼給自己定位呢？我是個花籃，我說過，我現在是裝飾品，老了，寫也寫不好了，還有點虛名，還有點不甘寂寞，有些場面還可以擺出來看看。花籃，鮮花，應該沒有聲音，花如解語還多事，是非只為多開口。各位不要怪我，有人一定要我來，還一定要我講話，都怪他。

如果是從前的新書發表會，作者會先把書送給我，讓我先看書，針對書的內容準備講稿。現在沒有人這樣做，大家都是來到會場才看見書，好比來到禮堂才看見新娘。新娘出嫁，以後要為她的家庭奉獻一生，作家出書，等於宣告把生命交給文學，他以後要為文學受苦，做出很多犧牲，就像新娘出嫁一樣。道賀的人都來了，也都來對了，不管怎麼樣，我們還是恭喜，這是我們的文化。人家新書發表，你不來，你自己發表新書，怪人家不來，這叫沒有文化。

參加新書發表會，書還沒看，就要上臺致詞，也照例有些話可以說，就像證婚人不認識新娘，也能演講二十分鐘。看人先看相，看書也先看相，這些書的書相不錯，遠看封面很好，近看編排大方，讓人想親近。這本書的書名「從李敖說起」，書名先嚇我一跳，要看。那本詩集，題目標出「驚變」，我也是驚弓之鳥，要看。「旅美書簡」，這些信都寫給一個固定的對象，裡面可有悄悄話？我很好奇，要看。「煙波海上」寫什麼？那是一個什麼樣的海？宦海？人海？財源似海？不會是中南海吧？要看。「我的故事我的歌」，是不是也有故事也有歌？或者歌就是故事、故事就是歌？故事要看，歌也要看。你看這本書，書名是「歲月如重」，什麼意思？不懂。這麼一頓挫，我對這本書有了深刻的印象，這就是緣分吧，要看。

話題可以從許多角度切入，出版社水準高，他肯出版這本書，等於向讀者推薦、向讀者保證，這本書值得你看。那本書的封面設計很好，吸引眼球，但是不俗氣，內容怎麼樣，我很好奇，要看。還有一本書是某某人寫序，那人從不隨便給人家寫序，別把序文看輕了，蘭亭集序也是序，為了這篇序，也該買這本書。還有，我雖然沒看他今天出版的這本書，我看過他以前出版的另一本書，那本書很精采，這本書也當然？新書發表會不是文學研究會，不妨使用儀式語言，好比結婚典禮上說話，郎才女貌佳偶天成。當然，挺拔不可說成魁偉，小鳥依人不可說成雍容豐滿，總之瘦有瘦的好處、胖有胖的好處。今天作家需要美意美言，他們聽到的挑剔已經太多，好不容易有這個好日子，讓他爽一爽。

新書發表會上，我常勸在座的文友多鼓掌，你的掌聲猶如婚禮中的鞭炮，很重要，本來會場還有空位子，這一鼓掌，好像爆滿了；你看一個兩個三個人都在魂遊天國，這一鼓掌，起死回生了。文友尋常雅聚，報紙也沒給大塊版面，只要你鼓掌，牛棚變殿堂。你來了，新書沒看，腦子空空，不能講話，可是兩手也空空，正好拍巴掌。天生我材必有用，一個巴掌拍不響，為什麼沒有第三隻手，因為鼓掌用不著。鼓掌也並非僅僅利人，利人的事也利己，鼓掌治百病，對你我的循環系統、消化系統、內分泌系統都有益處，甚至，醫生說，常常鼓掌能培養自信，消除負面的人生觀，預防憂鬱症。

我常在文友的新書發表會上買書，第一版第一次印刷，有作者簽名，特別有收藏的價值。有一本書是十位專欄作家的合集，我在會場中一一請他們在扉頁上簽了名。開會要場地，圖書館，文化中心，大樓業主捐出來的畫廊，這些地方不收租金，都是作家的第一志願。這些地方本來也不許有商業行為，但是准許作家在開新書發表會的時候賣書，民主國家的特權，意味深長。我也勸別人買書，買書像投票一樣，表示你對文學的支持。出版新書的人根本不記得我買他的書，從沒說過謝謝，我仍然買書，正如競選的人從未當面感謝我投他一票，根本不知道我投他一票，我仍然投票。

有人不買書，作者會送書給他。我說，咱們來一丁點兒中華文化，票友唱戲，送票給你，你更要另外買他幾張票，送給親友。據說現代人不看書了，我發現一個小祕密，他只是不買書，閱讀的欲望並未喪盡，如果你送本書給他，只送一本，讓他家出現白紙黑字，他還是翻開看看，這一看後事如何，那就要看你們的緣分，也許斷斷續續看下去，一個月以後看到底，也許十分鐘後丟進字紙簍。說句不客氣的話，也要看咱們那本書寫得怎麼樣。

有時候，新書發表會賣書是義賣，會後，作家把收入都捐出去，捐給慈善基金會，或者文學社團。有這個「義」字撐腰，我就更不客氣了。「我不需要這本書」？義賣義賣，你買的是義，不需要書，你需要義。「我已經有書了」？你還沒有義。書房裡還有許多書沒有看？你我是文學人口，那很正常，就像有人鞋櫃裡還有皮鞋沒穿過、衣櫥裡還有帽子沒戴過，都正常。買書像買菸，咱們有這個癮。買書像投票，咱們有這個責任。買書像上教堂進廟門掏出點兒捐獻，咱們有這個信仰。買書有點兒像跟作者握手，咱們有這個情分。咱們是文學人口，有特殊的消費習慣，與其請客，不如買書，餐館的生意分一點給書店，我們人人少一點膽固醇、多一點名山大川。與其再買一架電視機，不如添一座書架，書架上的書固然不能每本都看，電視機裡的節目你能每個都收？「唉，工資還沒漲呢？」買書去！生活裡面有一點小小的奢侈，也很快樂。

# 外州作家訪紐約

歡迎各位貴賓！各位從休士頓來、從洛杉磯來、從多倫多來、從舊金山來、從新澤西來，八方風雨會紐約，這個感覺很好。我是來瞻仰風采，已經老眼昏花，三步之外認不清誰是李白、誰是杜甫，不過我往這裡一站，跟各位總算見過面了，這個感覺也很好。（聽眾笑）

今天從外州遠來的貴賓有好幾位，我看到一份名單：

陳瑞琳女士（休士頓），她愛華文，也愛華文作家，一直推廣介紹華人的作品，有學術理論，也有實務經驗。她選當代華文作家的文章編了一巨冊《一代飛鴻》，蒐羅很廣泛，在紐約舉行新書發表會，各地華文作家大會合。

施瑋女士（洛杉磯），她提倡基督教文學，有貢獻。宣道多用教條，教條產生壓力，信徒在壓力下屈服，現代人自主意識強，效用日減。文學使人感動，信徒受到感動，願意對教義認同。她曾到山東首蒼山縣開王鼎鈞作品研討會，我特別感謝。

陳河先生（多倫多），生活經驗豐富，並善用文學的態度觀照和詮釋。生活在外國，能在外國的土地上、外國的文化背景下產生有特色的作品。文章用中文寫，人物、故事情節只有在外國才可以發生。我關起門來做「北京人」，在紐約寫在北京寫都一樣，寫北京人在紐約、紐約人在北京都一樣。對他心嚮往之。

呂紅女士（舊金山），聽說過她的午夜蘭桂坊、華美文藝界協會。她有組織領導的能力，文壇需要。她的雜誌《紅杉林》，印刷華美，撰稿者皆名家，想見人脈廣，交遊層次高。

施雨（新澤西，鄰居），她是醫生，病人中間有口碑；她是詩人，讀者中間有口碑。華文作家詩人最少（剛才聽說還有詩人在座，我的名單不全），他們應該得到更多的尊敬。我說過，寫散文要有一門專業做底子，使作品有厚度、有新角度。別開生面，一新耳目。讀醫生作家施雨女士的散文，我覺得沒說錯，這個感覺也很好。

楓雨女士，她有一篇文章談自殺，張純如自殺，海明威自殺，我印象深刻。我經過亂世，看見很多人自殺，我也想過自殺，後來沒自殺，因為我想想研究自殺。（聽眾大笑）我從楓雨女士裡得到線索，知道有位法國人寫了一本《自殺論》，有中文譯本。我去買了一本，很厚，四百多頁，我到現在沒讀完。（聽眾笑）這本書把自殺分成兩種，利己的，利他的。我幸虧當年沒自殺，那時如果自殺了，是利己。這條命活到現在，有了機會，還可以利他。（聽眾大笑）

我看到的名單是五位女士，只有一位男士，陳河先生，為我男性爭光榮。（聽眾大笑）我對各位遠來的嘉賓有零碎的印象，缺少整體的了解，因為對各位的作品讀得太少，今天忽然見了面，覺得很心虛。這個感覺也不錯。

# 盼望宗教合作的時代來臨

唐朝的吉瑣和武則天有過一段對話：一桶水，一堆土，會發生衝突嗎？不會。水加土和成一灘泥，泥中會發生衝突嗎？也不會。若是把泥拿來做一尊佛、一尊玉皇大帝呢？那就要發生衝突。

宗教衝突是一個很複雜的問題，我們不做研究、沒有學問，藉著吉瑣和武則天的這一段對話來引導思考，倒也化繁為簡。世人尊崇宗教，本來是為了解決人類共同的問題，但是宗教以「具象」接引信眾。重要的宗教都有自己獨特的具象，信眾進入具象以後，宗教家要你永久停留在裡面，反而把人類分化了！這樣也許能解決一家一姓的難題，不能解決（有時反而加重了）普天普世的難題。海外有人研究為何華僑不能團結，指出「宗教信仰」為原因之一。幾乎可以說，宗教已成為割裂人群、經營壁壘、妨礙大同的最後一個因素。

二〇〇一年九月十一日，紐約兩棟摩天大廈轟然崩坍，造成三千多人傷亡和經濟上的嚴重損失，也預告了宗教衝突的無窮後患。美國總統布希立刻邀請各宗教領袖聚集一堂，為和平祈禱。第二年開始，紐約市長彭博在每年最後一天舉辦早餐祈禱會，邀請各宗教領袖參加。他們似乎覺知天下事無法依賴「一神」降福，各宗教必須異中求同，始而互相包容，繼而分工合作。

我想起一九七五年蔣介石先生在臺北逝世，依基督教儀式營葬，主持葬禮的周聯華牧師在祈禱之前加了一句「史無前例」的話，「請全國同胞各自向你們信奉的神禱告，為總統蔣公祈福。」這句話在基督教內引起軒然大波，卻也給了我許多啟發。我佩服他的智慧和勇氣，我開始覺知一教一派無法包辦人類的救贖，每一家宗教都尺有所短、寸有所長。受眾有機會做其他選擇，任何一教一派無權剝奪此一權利。

我聽說原始社會部落林立，各個部落都有自己的守護神，這個「神」只保祐自己一個部落，而且幫助這一個部落去消滅別的部落，那時候，各宗教之間當然互相敵視、互相咒詛。至今仍有一些宗教，只救某一個地方的人，或只救某一個種族的人，這是「部落的宗教」，信仰這種宗教的人是很可怕的。我猜社會進化，宗教也進化，各宗教同在現代社會中相處，脫胎換骨，但原始經典裡的部落色彩、狹隘的民族主義還殘留在靈魂裡，他們把經文中的部落與部落解釋為今天的本國與外國、把經文中非我族類的外邦人解釋為異教徒和沒有信仰的人，以致殺機仍在、宿仇未解。有些教派仍然以有我無敵而後快，信教的人如果能回顧歷史，就知道這種心態是世界和平人類幸福的障礙。

萬事莫如和平急，我猜宗教對抗的時代應該結束了，我們需要宗教合作的時代。各宗教的經典文本和崇拜儀式不同，經典儀式之後之上的東西可能無異，大家各以自己的說法作法去做和別人一樣的事情。以佛教和基督教為例，成佛好比是你考上了哈佛大學，應該還有很多很多大專院校讓大家受高等教育；上天堂好比你住進了曼哈頓的高等公寓，應該還有很多很多住宅讓更多的人安身。佛教基督教有共同的弘誓大願，兩路分兵進咸陽，西醫治不好的病還有中醫，火車到不了的地方還有汽車，不能坐飛機的人可以坐郵輪。人類有了佛陀又有了基督，我看是好的。

我甚至認為對佛陀的信仰可以深化對基督的信仰，對基督的信仰可以強化對佛陀的信仰。他們的信仰沒有衝突，他們是一個信仰兩種形式，形式為內容而存在，我們順著形式求內容，我們不停留在形式上忘記內容。

當然，任何一個宗教領袖都要謀求本教的延長和擴大，他無可避免要和別的宗教競爭。依我們已有的知識，競爭要「誇張自己的優點、攻擊對方的弱點」，任何一個傳道說法的人都力稱自己的信仰唯一正確、絕對有效。中醫看病還會說「你得去看西醫」，基督教傳道人絕不能說「你去試試佛教」。這是他們的苦衷，我們可以理解，但是我認為這是可以改變的，他們吸引信眾穩定信仰還可以有更好的方法，培養宗教人才的學院應該增加新的課程。

很可能最大的障礙仍在經典內容，歷史在他們之間造成很深的鴻溝，各宗教的領袖都是往昔拒絕互相見面的人物，今天能夠坐在一起吃飯祈禱，也能在低層次的技術性的事務上合作，例如救災，這是很大的進展。但是經典中唯我獨尊、排斥異類的文字猶在，目前只是存而不論，「半部論語治天下」。如果埋藏起來的種子未死，隨時可能發芽破土，我擔心他們尚未覺知，他們好比是鋼琴手、提琴手或鼓手，誰也不該規定世界上只准學一種樂器，他們要合起來演奏交響樂。

聖嚴法師說過一句話：宗教經典中如有妨礙世界和平的文句，現在要重新做出詮釋。他這個意見很重要，可惜沒有得到重視。如所周知，基督教在舊約時代，上帝只救以色列人，「部落的宗教」色彩濃厚，但耶穌重新做出詮釋，「世人都是上帝的兒女」，都是救贖的對象、天家的成員，基督教進入新約時代，這才成為人類的宗教。

我還記得，耶穌本來有反抗的精神，他提出好幾個煽動性的口號，例如「那殺身體不能殺靈魂的，不要怕他」，他的道路很窄。後來使徒保羅重新做出詮釋，他要教會「順從掌權的，因為權柄是上帝賜予的」，天地就寬廣了。宗教靠殉道者提高、靠妥協者推廣，保羅給妥協者尋找經典支持，對基督教的發展很有助益。

我還記得，當我少小在家之時，佛教對文學創作的看法完全是負面的，世上並沒有賈寶玉其人，你居然捏造出一百萬字來，這是妄語，這是口業，死後要下拔舌地獄。我從圖畫中看見拔舌地獄的景象，兩個惡鬼像拔河，罪人的舌頭拉得很長，根深柢固，欲斷還連，罪人痛苦的面孔和惡鬼猙獰的面孔長期對峙。據說施耐庵的子孫都是啞吧，因為他寫小說。那時候寫文章的人有罪惡感。現在「人間佛教」的說法不同了，文學家、音樂家、美術家能創造出好作品，都是福德；人生在世欣賞好的文藝作品，也是福報。我們聽了如逢大赦、如歸故鄉，覺得佛教很有親和力。

如所周知，佛教一向認為做人和成佛兩者方向不同，修行的人要割斷塵緣，甚至脫離社會，佛門大開可是門檻甚高。等到佛教的發展在近代社會中遭到瓶頸，這才重新做出詮釋，佛法在世間，人成即佛成，修行可以和世俗行業並行不悖，甚至相輔相成，大概除了開屠宰廠。以前佛門即是空門，灰身滅志，現在佛門是大企業，許多人才找到出路，信徒湧入，佛教乃有今日一時之盛。

在很大的程度上，信徒的信仰來自宗教家對經典的詮釋，一個基督徒他信靠的並非是《聖經》，而是某一派神學，神學是對《聖經》有系統的解釋。經典不能改，詮釋可以變，佛門說「用佛法解釋外道，外道也是佛法，用外道解釋佛法，佛法也是外道」。大法官解釋法律，有時等於立法。漢傳佛教有十宗，基督教新教有兩百多個教派，都是「詮釋」造成的，詮釋能造成分歧，也能造成融合；能造成戰爭，也能造成和平。

當然此事非同小可，恐怕要佛教再出一個釋迦、基督教再出一個基督。目前可以先從內部研究著手，希望哪一個基金會列為工作重點，鼓勵「學士僧」研究，鼓勵神父研究，鼓勵大學研究所讀碩士博士的人研究，辦一個專門的刊物，發表他們的論文。目前宗教領袖們只要不批駁、不歧視，「看草生長就好」。

選自《桃花流水杳然去》

# 回憶錄讀者對話會綜合筆記

## 作者致詞

我很想念各位了，今天能跟各位見面對話，靠許多人幫忙成全。華教文教中心，新來的主任黃正傑先生，他今天是我們的東道主。羅琳女士，經文處副處長陳豐裕先生的夫人，她是這一次活動的推手。她的背後是大使兼處長徐儷文女士。前臺是總幹事王燕燕女士，王總幹事是僑務委員王金智先生的夫人，也是今天對話會的主持人。這麼完美的一個工作團隊，為社區做過許多事情，創造了很多紀錄，今天我沾光了，托福了。

文學活動的主體是讀者，如果讀者不參加，我們都是無的放矢。今天有這麼多人從四面八方趕來參加，要感謝報紙、廣播電臺預告了這次活動，沒有媒體的照明，我們都是衣錦夜行。感謝各位來賓，各位的參加很重要，王委員王金智先生捐出許多小禮物，上頭還刻了字，送給各位做紀念，我也準備送一百本書。各位讀者是這一次活動的主體，我們都為了讀者而存在。我寫了七十年的文章，老兵不死，今天站在這裡，準備做出最後的貢獻。

這樣的對話會，我在二〇一二年舉行過一次，那次由褚月梅和明建華兩位女士主持，兩位主持人的粉絲都來了，我拿出一批書來義賣，主持人說請大家買書，大家就買，我真的很感激。賣書得到的那筆錢，連成本一起都捐出去了，捐給教育和宗教團體，收入和支出都報了所得稅，我也寫了文章，做了交代。

這一次對話會不賣書，抽籤送書，希望各位拿到了書也高興一下，自己不看送給朋友看，還有想看書的人，就在你身邊。現在郵局寄書要用空運，郵費比書貴，我能拿出這些書來，感謝僑務委員胡慶祥先生和胡夫人，他們兩位常常到臺北去開會，聽說我要送書給各位，就跟客家同鄉替我帶書。俗語說禮輕仁義重，這一百本書搬來搬去也不輕。他們從太平洋的那一邊帶過來，陳鐵輝先生的夫人又一本一本把它包裝起來，好像包一件貴重的禮物。

我深深覺得，辦成一件事不容易，上下左右要多少人存好心、做好事、費好多力氣，我感謝十方因緣。我永遠記得他們的名字，我也很希望有一個地方能把他們的芳名報導出來。現在肯為華文文學做事的人太少了、太難得了，希望媒體把他們舉高，帶動風氣。

今天不是我演講，我已經不能演講，可以講的都講完了、寫完了，再講還是四十年前，我在景陽崗打死一隻兔子。今採用對話會的方式，給我一個新的機會，如果我還漏了什麼、忘了什麼、埋在意識裡潛意識裡，今天以這樣的方式跟各位對話，各位可以把它逼出來。如果我的文章裡有什麼地方寫錯了，今天請各位糾正我。

現在我的聽覺退化，特別情商我的朋友陳鐵輝先生坐在這裡，各位說什麼，由他告訴我。陳鐵輝先生是著名的媒體人，用不著多介紹。他往這個地方一坐，為今天的對話會增加了分兩。拜託您發問最好很簡短，每一位發言的時候都想一想還有別人。還有一個輔助的辦法，這是我的e-mail，各位可以把您要提的問題用手機傳給我，如果我當場答不出來，或者當場沒有時間回答，還可以回家寫信給你。上一次對話會，現場來賓提出來的問題很多，我答了不到一半，人家畫廊就要下班了，今天，咱們寫一個新紀錄，只要問題進了我的手機，一定有答案！

## 第一部分　讀者問作者

您是基督徒，這些年，常常見您在佛教的道場演講，很少聽說您在教堂演講，這是什麼緣故？

這是因為道場請我，教堂不請我。為什麼不請我呢？因為我在教堂裡講出來的話要和牧師講出來的話完全一樣，我辦不到；我在佛堂裡講話，可以和法師講的話不完全一樣，佛門可以包容。我在佛堂可以提到基督，在教堂裡不可以提到佛陀。我們有一位朋友，在教會辦的講座裡講宋詞，講稿裡頭有菩薩蠻，不行，要刪掉；我們請牧師吃飯，點菜不能點羅漢齋，喝茶不能喝鐵觀音。

您親身經歷漫長的抗日、內戰，竟然還能堅持文學創作。當時您的信念是：一、文學可以救國？二、文學可以為家國做到與一般政治家不一樣的貢獻？

不瞞您說，早期寫作，我是當作一門手藝來學習的，我們那個大家庭衰落了，我需要一技之長立身。等我能夠掌握技術條件以後，它由手藝上升為我的癖好，這就能夠由工匠一窺藝術家的殿堂。

抗戰時期想救國，救國要奉獻熱血，因為一切來不及；內戰時期只想救家，因為其他顧不了。那時候我還是個門外的小青年，我的文學生活是到了臺灣才開始的。如果文學只是謀生技術，我在臺灣有機會改行，等它成了癖好，那就難解難分了。

**您說開始寫作是為了生活，後來生活穩定了，仍然寫下去，而且至今沒有停止，如何靈感永不枯竭？遇上瓶頸如何化解突破？**

寫作有時以技術為主、性情為副，有時以性情為主、技術為副，二者輪流使用，技術和性情都能產生靈感。有時技術和性情融合無間，那是寫作最理想的狀態。

至於瓶頸，有思想上的瓶頸、生活經驗的瓶頸，也有技術上的瓶頸。作家要能過關，從來不曾遭遇瓶頸的作家可能是平庸的作家，在瓶頸前止步的作家可能是短命的作家。

也許我們應該說超越瓶頸，為了過關，作家要升高自己，升高的方法有讀書、旅行、接近宗教、深入欣賞音樂美術，我稱之為修行。這有點像運動員撐竿跳，能不能打破紀錄，還要看資質秉賦。

**如果有一位作家，一直在專制暴政下生存，他一直反抗，他的作品也一直不能發表出版，你怎樣看待這樣的作家？**

當然欽敬佩服。但是我並不鼓勵人家做這樣的作家，我擔心「一直反抗」並不能產生很好的作品，一如歌功頌德不能產生很好的作品。單單是一身都是膽不能產生傑作，只能博得新聞版的浮名，監獄可以提高作家的聲望，未必能增加作品的藝術含金量。

作家最好在阿諛權勢和仇視富貴之外另有一種心態，我稱之為「入乎其內、出乎其外、超乎其上」。他不做奴才、也不必做烈士，他為藝術犧牲的方式是油盡燈乾，不是斷頭流血。

在你的回憶錄裡，抗戰時期，有一個國民黨方面派出來的情報員，化身為基督教的傳教士，到山東南部觀察日本占領軍的士氣，他到過你們家鄉的教會，勸你到大後方，也就是國統區去讀流亡學校，這件事影響了你的一生。你很感謝這個人，對他做過一些回報，但是你始終沒有寫出他的名字。為什麼？時至今日還有顧忌嗎？

在我的回憶錄裡面，有很多人沒留下名字。有人於我有恩，但是再三反對我寫出他的名字，我從中得到啟示，天旋地轉以後，兩世為人，他用心述說自己的前生和今世接軌，營造了一件脆弱的工程，需要謹慎維護。你很難想像，上一代人做人是多麼難，我寫到他們的時候，下筆是多麼慎重。

你在回憶錄裡提到，有一個雜誌，前任主編組織了一個專題，檢點臺灣十年來文藝方面的成就，分成許多個題目，邀請專家執筆，就在這個時候，你去接編這個雜誌。稿件紛紛寄到，其中有一篇〈十年來平劇在臺灣的發展〉，沒有提及軍中的平劇活動。你把稿子寄回去，請求執筆的名教授補充，名教授又把稿子寄回來，一個字也沒多寫，而且也沒附回信。你寫到這

**裡提出一個問題，「你猜我怎麼辦？」文章戛然而止。你怎麼辦？我很想知道。**

你這一問，我很不好意思，我的處理並不漂亮。那時候，談臺灣在文藝方面的發展，不能沒有平劇；談平劇的發展，不能離開軍方，那時臺灣全靠軍方出錢出力，平劇才既能普及、又能提高。雜誌必須準時出版，要準時出版，編輯必須守住截稿線，你的稿子必須在雜誌出版之前多少天全部發到工廠，這條截稿線英文叫做「死線」，我必須死守。名教授把他的文章原封不動寄回來了，發稿的死線也到了，你說我怎麼辦！

我「悍然」在名教授的稿子後面加上一小段，大意是：十年來，軍方推行平劇運動，成效卓著，那要有另外一篇專文加以論述。來不及徵求他同意，我就把稿子發下去了！

**在中國大陸，有人管你叫鄉愁作家，你好像不滿意，為什麼？你不是常寫鄉愁嗎？**

我寫過鄉愁，我並不是只有鄉愁，我知道自己有限，但是「鄉愁」仍然把我概括得太小。

何況多少人不懂鄉愁，尤其不懂文學的鄉愁。什麼是鄉愁？鄉愁怎麼來的？山東人有句話「吃飽了不想家」，出門在外，如果腳下坎坷，這才想念老家村前的那條小徑。「富貴不還鄉，如衣錦夜行」，還鄉就要大聲說笑、垂下眼皮看人，哪有抱頭痛哭的？那些人如此界定鄉愁、如此看鄉愁作品。

在文學作品裡面，故鄉是一個符號，代表流浪中失去的東西，寫鄉愁，乃是寫那因「失去」而生的「情感」，這情形，有點像《楚辭》裡面的香草美人。流亡是不斷的割捨，許多美好的東西流失了，此情可待成追憶，作家用「故鄉」當作符號來代表。當初，青年人接受了巴金和易卜生的暗示，奮勇出走，本來義無反顧，後來反省了。懷鄉是反省的一種方式，對當初魯莽的論斷、輕率的決絕、盲目的追逐，隱隱有懺悔之意。鄉愁化為作品，那是我們成長的年輪。

**讀你的回憶錄，總覺得你還有許多事情沒有寫。現在可不可以請你說幾條沒有寫出來的軼聞掌故？**

人之一生，並不是每一件事情都值得寫出來給讀者看，凡是值得寫的，我都寫了。最近編一本小品，想起小說作家南宮搏，寫了他一段，現在轉引在這裡：

歷史小說家南宮搏，本名馬彬，浙江人。他也是詩人、報人、歷史學者、政論家，化用了很多筆名，以致有人認為他只寫歷史小說。他同時又是一位名士，風流韻事也不少。

他長期居住香港，涉足情報界，外務紛雜，但小說依然多產。他說他在任何情況下都可以寫作，他經常參加各種大會，可以坐在會場裡寫小說；他經常旅行，可以坐在飛機上寫小說；住院檢查身體，他可以在病床上寫小說。我編副刊的時候，老板請他寫長篇連載，我常常擔憂稿子接不上，他從未斷稿。

香港社會他摸熟了、摸透了，講吃喝玩樂的門道，他運用之妙、存乎一心。臺灣那些做大官的人到了香港，都想放鬆一下，其中有些人是大特務，多半由他安排節目。茶餘酒後，他跟那些大特務常常談論臺灣香港的文藝界，他常常告訴對方作家是一種什麼樣的人，專心創作的人活在另一個世界裡，那不是國民黨的世界，也絕不是共產黨的世界。不通世故、自命清高並不等於想造反，名士狂士自古有，政治家可以包容。

有時候特務盯上了某個作家，想聽一聽他的意見，他總是婉言解釋一番。南宮搏雖然是知名的小說家，他跟臺灣文壇的關係並不好，因為他的歷史小說很色情，受正統批評家排斥，他在香港又偎紅倚翠，臺灣的女作家也不願意跟他交往。那些大特務都知道南宮搏是一隻文學孤鳥，認為他提供的這些資訊沒有私人目的，很有參考價值，以後處理相關的問題，多多少少增加了一些對那作家有利的考慮。

六〇年代後期，中國時報余老板氣勢甚盛，「贏得英雄盡折腰」，特邀這匹千里馬以社長名義入盟。新聞界四方豪傑一入此門低首下心，唯有南宮搏無論公私場合仍然稱他「紀忠兄」。有一次報社以茶會招待副刊作家，濟濟一堂，有些人圍著余董事長談話，有人圍著馬社長談話，好像形成兩個圈子。余氏長於統馭，輕輕的叫了一聲漢嶽（馬彬字漢嶽），他可能以為馬漢嶽的談話應聲而斷，加入他的話題，那個小圈子也就併入他的大圈子，不料南宮搏置若罔聞。這時全場肅然，只聽見南宮搏一人還在講話，余老板再叫一聲漢嶽，聲音稍稍提高一些，南宮搏依然面對他的聽眾把話講完，再轉過臉接余老板發過來的球。這場景在余氏門下絕無僅有，觀察者佩服南宮搏有文人風骨，也預料他在這個位子上幹不長。

我寫的《度有涯日記》，一九六六年七月六日，有如下一段：

前司法行政部長王任遠去世了，我因此又翻閱了他的回憶錄。書中對他早年在河北拯救流亡青年的工作隻字未提，十分可惜，他後來在陝西的情報工作不能寫，可以理解。他在司法行政部長任內與中國時報交惡，也就不值得一寫了。

但是這件事對我很重要。他和中國時報一連串的摩擦中，有一項是我在小專欄中批評司法，他指示調查局逮捕我，沈之嶽局長未予執行，調查局的全銜是「司法行政部調查局」，部長王任遠是他們行政組織的上級，沈局長不遵亂命，我很感激。現在讀他的回憶錄，知道他最耿耿於懷的是處理周賢敏被訴「詐欺國庫」一案，受到某些人造謠打擊，他的那些敵人屬於國民黨CC一系，他也許從我和張道藩的淵源，推想我寫的文章也是政敵陰謀的一部分，其實我跟政治的關係並未到達那個層次。

王任遠居官清廉，「宦囊」中只有一千瓶洋酒，都是門生故吏送的節禮，下臺以後，他家的菜金一度由老部下「賣酒」籌措。他做司法行政部長那六年，正是蔣經國剛猛圖治的時候，他配合得很好，有「猛吏」之名。後來蔣經國以寬濟猛，換戲碼當然要換角色，這才是他從政治銀幕上「淡出」的原因。我想他永遠不會知道。

還可以補寫幾句：

王部長向他的某一位朋友訴說中國時報跟他作對，這位朋友的回應是：你當部長，怎麼連報社裡幾個寫文章的人都不能擺平？於是王部長改變作風，請我們吃了一頓飯。同時受邀者有副社長楊乃藩、總主筆李廉、採訪組長張屏峰。後來王部長又邀我喝茶，頻頻釋出善意，一度暗示想找我為他寫一部傳記，我已蓄謀出國，不敢進一步和他結緣了。

**網上有人寫你，說你骨子裡是個「憤青」，老年妥協了。你有話要說嗎？**

憤青？依流行的定義，憤青激進，顛覆傳統，有時言詞粗俗暴烈，我從來不是。當年李敖在大學初露頭角，我對他說：「看見你，我覺得自己從來沒有年輕過。」我想我也許曾經是個「奮青」，肯定奮鬥，歌頌在困境中奮鬥。奮鬥的人未必就是憤怒的人。李又寧教授曾說我一生都在「關山奪路」，奪路時也許有時血脈賁張，那時候並不適合寫作。我說過「憤怒出詩人」，詩人未必出憤怒，絕望出詩人，痛哭出詩人，詩人未必出絕望痛哭。

我寫回憶錄的時候有些改變，說是「老了、妥協」，未免冷酷，老人應該有點進步，比較通達。「代溝」一詞現在還流行嗎？年輕的讀友說，四冊回憶錄中，他喜歡《關山奪路》赤膊上陣，不喜歡《文學江湖》老謀深算。許多人認為《桃花流水杳然去》有一點進展，也有年輕的讀者說「實在看不下去」。我想起清代的戴名世說過，他不喜歡杜甫入川以後的詩，他的品味也和許多人不同，一般的說法，杜甫的確「晚歲漸與詩律細」，大家把「秋興八首」捧得很高。見仁見智，關鍵詞是一個「老」字。我很慚愧，到現在沒能越過這條無形的溝。

**寫作的時候孤獨嗎？技窮嗎？思想混亂嗎？**

寫作的時候，作家進入另一世界，在那個世界裡他是主人，他不孤獨。

作品完成以後他可能覺得孤獨，讀者讀他的作品，未必能跟他進入同一個世界。

作家有時技窮、有時詞窮，有時健康出問題，力窮。這時候他不寫作。寫作的時候，應該是他洋溢飽滿的時候，如同資本充足，投入商場；三軍精銳，投入戰場。

作家如果覺得思想混亂，他會梳理思想，然後寫作。即使他描寫一個思想混亂的人，他自己旁觀者清。作家能「吾道一以貫之」，當然，這並非說他永遠不犯錯誤。

## 第二部分　作者問讀者

### 你喜歡書中哪個人物？

一，教你讀唐詩的那信瘋爺。他是個有趣的人物，很幽默，對詩有特殊的見解，身世也令人同情。你最後送他一首詩，說他「盞底風波問醒醉，夢中歌哭動陰陽」，好句！說得不夠，也許你該多送他幾首詩。你說他流亡在外，最後投水自殺了，大江東去，時代無情，他因具有某些優點而被淘汰，有代表性。因此，在你寫過的許多人物之中，我對這個瘋爺印象最深刻，不能忘記。

二，你筆下的名記者王大空，才子加名士的混合體。他的詼諧風趣，可以脫離你的書，單獨存在於世人的茶餘酒後，這是另一種不朽。有人說過，臺灣新聞界的生態，只有名報人，沒有名記者，新聞史上名垂後世的，是老板。王大空之不朽，靠你在回憶錄裡用心寫他，你在小說組修習的本事，刻畫人物，在這裡用上了。你說你能跟王大空共事是你的幸運，這話也可以反過來說。

三，「小說女主角會見記」裡的女主角，她是你們流亡學校的國文教師，那失戀的男人寫了一本小說侮辱她，她要找一個地方躲起來，正好你們在偏僻的鄉村，有密密的樹林、東西南北來的陌生人。我覺得她流離失所而不失雍容，像一個廢后，你為她保存鳳冠霞帔。她對人生觀的見解、對白話文學的看法，在那個年代能有那樣的識見，說明她是多麼優秀，她不幸，你們幸運。

四，憲兵連的郭班長，你服勤務的頂頭上司。他離鄉背井，求衣錦榮歸，偏偏投入憲兵，憲兵升遷最難，也根本沒有機會發一筆橫財。他的勤奮，他的操守，他的忠勇，都完全不能改變他的命運。他在瀋陽不收家信，他在信封上批註「此人已死，原信退回」，我看到此處為之淚下。郭班長在回憶錄第四冊出現，我在第二冊已看過你們流亡中學的興亡，我看過覺得郭班長可以代表你那個流亡學校的全體青年。

**在這四本書裡面，你喜歡哪句話？**

一、事情都是在是非不分、恩怨混沌中做成的，只要做成了就好，莎士比亞說，結局好的事就是好事。

二、縱然是臺下一條蟲，我們也做益蟲，不做害蟲。

三、一個人為他人編寫劇本時，要想一想自己在其中擔任何種角色。

四、銅像的姿態不因風雨而改變。

五、上帝作曲，演奏在人。

六、花不認識花農，花農認識花。

七、魚不可以餌為食，花不可以瓶為家。

**我的意見，你不能接受的、不能同意的是？**

一，對特務有同情有理解，我讀後渾身不舒服。你的回憶錄中有三篇「獨門」奇文，寫中共的戰俘營，寫國民黨的日僑管理處，還有「與特務共舞」。你一向主張，作家說的話不能和別人完全一樣，果然不一樣。

二，你有一篇〈拆不完的籬笆〉，認為跟臺灣人做朋友很難，有些抱怨，我在臺灣的朋友不以為然。你怎麼忽然寫了這樣一篇文章？臺灣人也有他的情結、有他的歷史包袱、有他的人際壓力，跟他們做朋友要細心，對他們不要求全責備。你對中共、對日本人、對國民黨人，都能設身處地啊。

三，你對流亡學校的校長李仙洲將軍因感念而崇拜，回憶錄第二冊以他為中心，為他寫出「銅像的姿態，不因風雨而改變」這樣的句子。可是第三冊又寫老校長兵敗被俘，無情的披露了他的無力，你自己造的金身自己又剝掉，破壞了作品的完整。我認為寫李校長寫滿了第二冊，夠了，第三冊不必再寫他了，兵敗萊蕪跟你沒有關係了。

**我做的事，哪一件你認為做錯了、不應該？**

一，我注意到一個現象：流亡學校由安徽遷往陝西，你脫隊獨行。華北解放，你由天津經青島赴上海，也是孤身一人。你沒有同伴，沒有結伴的能力，不知道伴侶重要。「孤羊易遇狼」，千里走單騎很危險，你在山東半島上步行的時候，居然還晝伏夜出。多虧了上帝保祐你。

二，奇怪，你不信任當權的人。你到臺灣以後，一再有大人物向你招手，你居然好像有點藐視他們。一個失學青年，帶著一個逃難的家庭，憑什麼這樣驕傲？這樣做，違反生存的法則。

三，在回憶錄裡面，你做的決定都很正確。抗戰時期，走出日軍占領區，到大後方讀書，當然沒錯。你受憲兵連長誤導，放棄學業，這才離開山區，遊走沿海，這才有機會逃到臺灣，我認為你也做對了。華北解放，你不回老家，到了臺灣，不做特務，我都贊成。只有一項，你出國移民，到底是對是錯，我還不能斷定。

【旅人之星】MS1063

**活到老，真好**

作　　者❖王鼎鈞
封面設計❖兒日
版面排版❖張彩梅
總　編　輯❖郭寶秀
特約編輯❖林俶萍
校　　對❖王鼎鈞、林俶萍
行銷業務❖力宏勳

發　行　人❖凃玉雲
出　　版❖馬可孛羅文化
104台北市中山區民生東路二段141號5樓
電話：02-25007696
發　　行❖英屬蓋曼群島商家庭傳媒股份有限公司城邦分公司
104台北市中山區民生東路二段141號11樓
客服服務專線：(886) 2-25007718；25007719
24小時傳真專線：(886) 2-25001990；25001991
服務時間：週一至週五9:00～12:00；13:00～17:00
劃撥帳號：19863813　戶名：書虫股份有限公司
讀者服務信箱：service@readingclub.com.tw
香港發行所❖城邦（香港）出版集團有限公司
香港灣仔駱克道193號東超商業中心1樓
電話：(852) 25086231　傳真：(852) 25789337
E-mail：hkcite@biznetvigator.com
馬新發行所❖城邦（馬新）出版集團 Cite (M) Sdn. Bhd.(458372U)
41, Jalan Radin Anum, Bandar Baru Seri Petaling,
57000 Kuala Lumpur, Malaysia
電話：(603) 90578822　傳真：(603) 90576622
E-mail：services@cite.com.my
輸出印刷❖前進彩藝有限公司
一版一刷❖2019年1月
定　　價❖380元

ISBN：978-957-8759-41-1（平裝）



國家圖書館出版品預行編目（CIP）資料

活到老，真好／王鼎鈞著. -- 一版. -- 臺北市：馬可孛羅文化出版：家庭傳媒城邦分公司發行, 2019.01
面；　公分. --（旅人之星；63）
ISBN 978-957-8759-41-1（平裝）

855　　107018387